UN ROMAN D'AMOUR, ENFIN

De la même auteure :

Aux Éditions Gaies et Lesbiennes

Diadème rose, roman, collection Le Bonheur est à tout le monde, 2007.
Bulletin rose, roman, collection Le Bonheur est à tout le monde, 2006.
Mathilde, je l'ai rencontrée dans un train, roman, 2005.
Carton rose, roman, collection Le Bonheur est à tout le monde, 2003.
« Qu'est-ce qu'elle me veut ? », nouvelle dans *Attirances*, collectif sous la direction de Christine Lemoine et Ingrid Renard, 2001.

Aux Éditions KTM

Cul nu, courts érotiques, nouvelles, 2001.
Est ist eine poulette, roman, 2000.
Hétéro par-ci, homo par le rat, roman, 1999.
Once upon a poulette, roman, 1998.

Aux Éditions L'Harmattan

Tu vois ce que je veux dire, vivre avec un handicap visuel, 2003.

Aux Éditions de la Cerisaie

« Sarah », nouvelle, dans *Dessous divers*, collectif, 2005.
« Le Rêve d'Isabella », nouvelle, dans *Transports amoureux*, 2005.

Ce livre a été imprimé et façonné par Pollina 85400 Luçon N° L46855
Imprimé en France

UN ROMAN D'AMOUR, ENFIN

CY JUNG

collection dirigée par Anne et Marine Rambach

Éditions Gaies et Lesbiennes

contact@editionsgaiesetlesbiennes.eu

le papier. Je le lis. N'avions-nous pas parlé de crème de marrons à mettre sur les crêpes ?

— J'ai pensé que l'on aurait peut-être du mal à la finir avant la fin de notre séjour.

— Cela coule tout seul avec du fromage blanc.

Je rends la liste à Natacha. Elle écrit « *Crème de marrons* ». Elle la plie et l'embarque. Je récupère nos cirés dans l'entrée. On s'habille. J'attrape les clés restées sur la porte. Je vérifie que j'ai bien mes lunettes, des mouchoirs en papier, quelques bonbons et des cure-dents au fond de ma poche, mon portefeuille, un peu d'argent.

Mélisande me chope par le col. Elle dépose un rail de crème solaire sur mon nez. Elle l'étale sur mes joues, mon front, mon menton. Je me laisse faire. Elle rengaine son tube. Nous sortons.

En bas de l'immeuble, c'est la plage qui nous attire. Nous y allons presque tous les jours. Nous la traversons jusqu'à atteindre le bord de l'eau dont la position varie en fonction des marées. Une fois que nous y sommes, nous nous prenons la main et marchons, d'un côté ou de l'autre.

Nous allons jusqu'à un point que nous ne connaissons pas au départ ; puis à un moment, nous faisons demi-tour. Quand nous prenons par la droite, le port nous arrête ou nous oblige à entrer dans la ville afin de le contourner. Alors nous prenons plutôt par la gauche, surtout quand il est tôt.

Nous croisons une foule de gens, des qui se ressemblent toujours un peu : des enfants qui creusent le sable jusqu'à ce que l'eau envahisse leur puits ; d'autres, souvent plus petits, qui courent après un ballon, un adulte à leurs côtés ; des couples, comme nous, mais hétérosexuels ; des personnes seules, plutôt âgées, avec de petits chiens ; des personnes seules, plutôt jeunes, avec de gros chiens ; des groupes d'amis, ou des familles.

Certains nous disent bonjour ; nous leur répondons. La plupart nous ignorent, comme nous les ignorons.

Avant-hier, nous avons croisé un autre couple de filles. Elles avaient un berger allemand. Elles n'ont pas cherché à entrer en contact avec nous. Cela m'a fait néanmoins plaisir que nous ne fussions pas les seules lesbiennes de la plage. Nous ne les avons pas revues depuis. Je le regrette ; c'est toujours rassurant de se savoir des congénères.

Le vent emporte mon chapeau. Malika court et le rattrape avant qu'il ne touche l'eau. Elle mouille le bas de son pantalon. Veut-elle que nous retournions à l'appartement afin qu'elle se change ? Elle refuse ; cela sèchera vite.

Haruko noue la ficelle de mon chapeau sous mon menton. Je me sens un peu plus ridicule. Nous rions. Aimée prend ma main. Elle me dit avoir un aveu à me faire. Je m'inquiète soudain ; j'ai peur des confessions en bord de mer ; ce n'est jamais très bon.

— Depuis que nous sommes arrivées, j'ai envie que nous allions manger une énorme banana split au glacier sur le ponton. Ses coupes sont si bonnes et si monstrueuses que l'on vient de toute la région pour les déguster.

— Mais bien sûr ! Pourquoi ne pas l'avoir dit ?

— Je ne veux pas te tenter ; tu fais tant d'efforts pour surveiller ton poids.

— Au diable mon poids ! On y va maintenant ?

Elle applaudit. Mon cœur revient à un rythme normal. Mon côlon me fait remarquer qu'il n'était peut-être pas nécessaire de réveiller mes angoisses alvines pour si peu. Je suis d'accord avec lui. Je tâcherai d'en tirer leçon. Ce n'est pas gagné.

Le vent augmente la force de ses rafales. Les nuages gagnent leur partie contre le soleil. Je retire mes lunettes. Une première goutte s'écrase sur mon chapeau jaune ridicule alors que nous posons le pied sur le bois du ponton. Imperceptiblement, nous accélérons. C'est un peu bête ; nous n'avons plus que cinquante mètres à parcourir.

D'autres promeneurs se pressent avec nous. Nous entrons dans le glacier en même temps qu'une bourrasque. Le ciel est soudain si noir que les lumières sont allumées. Nous nous installons à la dernière table libre face au large. Je retire mon couvre-chef et mon ciré. Je les installe sur le dos de ma chaise. Je m'assois. Face à moi, Marie-Christine est déjà en pull. Elle se frotte les paumes l'une contre l'autre comme si elles étaient gelées. C'est un réflexe ; il ne fait pas si froid.

La serveuse dépose deux cartes sur le bord de la table. J'étudie la mienne. Il y a des coupes glacées ; des crêpes aussi ; et toutes sortes de gâteaux. Je choisis d'emblée un café liégeois ; la description annonce qu'ils y mettent de la meringue ; un tel festin ne se rate pas. Gitan n'a pas regardé le menu.

— Tu as choisi ?

— Un café liégeois. Et toi ?

— Banana split. Tu bois quelque chose avec ?

— Un grand café allongé.

— Ils font des américanos, des vrais.

— Je veux.

Augustine guette le passage de la serveuse. Celle-ci est un peu débordée ; la salle est comble ; la pluie fait rage ; le vent la rabat contre les vitres ; cela donne l'impression d'être des rescapés comme dans ces films où des inconnus se retrouvent coincés par la tempête alors qu'un grave danger les menace.

Serais-je en situation de péril ? À part l'indigestion de crème, je ne vois pas. Je me détends. Notre abri est solide ; la tempête ne peut nous atteindre. La serveuse passe en courant ; il est impossible de l'arrêter.

Nous ne sommes pas pressées, juste impatientes de dévorer notre goûter. Elle s'arrête enfin à notre table, y pose deux verres et une carafe d'eau, note notre commande et repart. Odyssée nous sert à boire. Elle trempe ses lèvres dans son verre et me raconte toutes les glaces qu'elle a mangées ici.

La serveuse apporte nos cafés. Elle est déjà repartie. Mon impatience monte d'un cran. Je la suis du regard. Elle entre dans les cuisines. Elle ressort. Elle vient vers nous. Je me tends. Elle plante devant moi une coupe verticale dont le parapluie me dépasse.

J'écarquille les yeux. Des grains de café sont éparpillés sur la chantilly au milieu de coulures de sauce chocolat et de pétales d'amandes grillées. Le verre translucide laisse transparaître les différents ingrédients cachés sous la crème : glace café, glace vanille, meringue, café noir. C'est magnifique.

Je salive. Je brandis ma cuiller. J'arrête mon geste. Je suis dans le partage, au moins des laps de temps. Qing Yuan a-t-elle eu sa part ? Oui. Sa banana split forme une plage de dunes avec un parasol au sommet de chacune, comme si la crème fouettée épousait à la perfection les formes des boules de glace alignées entre deux demi-bananes.

Éliane se lèche les babines. Elle pose sa serviette en papier sur ses genoux, boit une gorgée d'eau, repose son verre et attrape sa cuiller. Elle me jette un regard gourmand qui semble me demander mon accord. Je lui souris. La cuiller plonge. Elle transperce la couche de crème puis amorce une remontée chargée de la précieuse matière. Justine ouvre la bouche. Elle engouffre. Je sens se liquéfier la chantilly comme si elle était sur mon propre palais. Le geste se répète.

Mes yeux me rappellent que j'ai un café liégeois posé devant moi. À voir ainsi Annouk succomber à la tentation, je l'avais presque oublié. Ma cuiller plonge à son tour. Je déguste crème et glace en même temps que j'observe Tchikako-Ki vider consciencieusement sa coupe.

Elle y va par petites touches sans mélanger les ingrédients. Elle pioche de la glace à la vanille, une bouchée de banane, puis la fraise, le chocolat, recueille le jus qui se forme au fur et à mesure que la glace fond, chope un pétale d'amande, revient vers le chocolat, continue avec de la chantilly, puis la fraise, la vanille encore.

Sa main, sa bouche et ses yeux forment un ballet dévolu à son plaisir. Tout son corps y participe. Il ondoie autour de la coupe, en fait sien le contenu, l'ingère avec tant de gourmandise que j'en suis presque jalouse. Je songe un instant me fondre en son calice et rouler avec la matière crémeuse contre son palais, me blottir en sa bouche, caresser ses papilles, être en sa chair l'aiguillon crapuleux.

La glace n'est plus seule à fondre. J'ai soif. Je bois une gorgée d'eau et reviens à mon café liégeois. Je surprends Valentine qui m'observe à la dérobée. Mon plaisir est décuplé ; mon désir d'elle, itou.

Ma coupe glacée tire à sa fin. Le vent au-dehors renverse un parasol. Nous ne sommes pas près de sortir ; j'éprouve pourtant un furieux besoin de me dégourdir les jambes. Heather tend l'index et racle les bords de sa coupe. Elle finit le travail du bout de la langue. La serveuse passe. Elle débarrasse.

— Vous désirez autre chose ?

Je commande un second américano, Célestine un thé.

— Alors cette glace ?

— Un régal ! Il faudra que nous revenions avant la fin de notre séjour.

— Cela ne fera pas trop ?

Je tire la langue. Marie-Angélique fait la lippe.

— Cela m'embête de t'avoir tentée.

— J'aime quand tu me tentes.

Nos visages se sont rapprochés. Madelon attrape ma main sous la table.

— C'est effectivement un bon moyen d'éliminer.

— Tu ne penses qu'à ça.

— Pas toi, peut-être ?

— Jamais.

Elle fait mine d'être contrariée par ma dénégation.

— Tu préfères les cafés liégeois, c'est ça ?

— Oui, je… J'ignorais comment t'en parler.

Ses doigts caressent l'intérieur de ma paume. L'effet est garanti.

— Tu peux me dire alors pourquoi tes joues rosissent et tes yeux brillent comme deux diamants ?

— Ce sont les conservateurs de la glace ; ils ont un pouvoir bronzant.

Nous rions. Je dépense quelques calories. Ce n'est pas le seul intérêt du rire. Je renonce à lister tous ses bienfaits. Ce serait établir le détail d'une partie de ce que j'aime en Sue-Helen.

La démarche ne me plaît pas. Je ne veux pas aimer quelque chose en elle. Je veux l'aimer tout court, la savourer, pleine bouche, rire par bonheur, ne plus voir le temps passer, être à jamais un torrent de crème qui fond entre langue et palais. L'amour serait-il intrinsèque à la concupiscence ? Je zappe.

Un rayon de soleil fend l'air enfumé du glacier. Le brouhaha monte d'un cran. Chacun veut sa note et enfile son manteau. Nous ne participons pas à cette sortie massive. Ma paume n'est pas lasse des caresses de Lorie ; ses doigts n'en sont pas repus ; et nos tasses sont encore pleines. Clara porte la sienne à ses lèvres.

— Tu connais Rome ?

— Non, je n'y suis jamais allée.

— Nous irons. Les glaces y sont merveilleuses et les Italiens savent faire de délicieux cafés américains.

— Et pourquoi Rome, à part les glaces et les cafés ?

— C'est une ville très exotique entre ses vestiges antiques, l'Église catholique omniprésente et une effervescence qui n'a rien à voir avec Paris.

— C'est noté, pour nos prochaines vacances.

— Tu te rends compte que l'on fait des projets ?

— Oui. Et j'aime.

Ses doigts se sont arrêtés. Son regard est devenu perçant. Pilar exsude l'émotion que ma réponse a suscitée.

— Moi aussi, je t'aime. Et le plus immédiat de mes projets, c'est de faire l'amour si longtemps que l'on pourra remanger une glace dès ce soir tant nous aurons brûlé de calories.

Ses doigts quittent ma main. Ils hèlent la note. Une sorte de douleur qui n'en est pas une passe du bas de mon estomac à mon sexe. Il vibre tout seul. Il me brûle presque. J'ai besoin de bouger. Je fonce jusqu'aux toilettes. Mon désir est patent. J'en fais disparaître la trace de trois feuilles de papier et remets mon pantalon.

Mon sexe ne s'en satisfait pas. Je ne cède pas à son appel ; je veux que ce soit Liliane qui s'en charge.

Je rejoins notre table. Victorine est debout. Cela tombe bien ; je veux que nous partions, vite ; mes chairs, pour l'attendre, ont besoin que nous marchions un peu. J'enfile mon ciré et prends mon chapeau jaune ridicule à la main. Nous sortons.

Le ponton est encore luisant de pluie. Il est glissant. Nous empruntons la route jusqu'au pied de notre immeuble. Nous marchons en silence, d'un pas lent, main dans la main. Nous ne parlons pas.

Au fur et à mesure que nous approchons de notre coït annoncé, notre pas ralentit ; du moins, il me semble. J'y vois le signe d'une envie de retarder le moment où les sens vont exploser, goûter au maximum la montée du désir qui, chaque fois qu'il donne l'impression de déborder, passe une sorte de stade qui lui permet d'être encore contenu dans le corps là où l'esprit a déjà arraché sa culotte.

Maud compose le code d'accès à l'immeuble. Elle me pousse à l'intérieur. Je lui tends les clés. Elle les attrape. J'appuie sur le bouton d'appel de l'ascenseur. Celui-ci va-t-il accueillir nos premiers débordements ? Ce n'est pas exclu, ce d'autant que personne ne se présente alors qu'il ouvre ses portes. Nous entrons, moi la première, Perle ensuite.

Je me cale tout au fond, accrochant mes mains à l'espèce de rampe. Éva commande l'étage. Elle se plante à cinquante centimètres de moi. Elle n'avance pas plus. Nos prunelles s'échangent les informations de circonstance. L'ascenseur arrive à destination. Nous en sortons.

Marie-Claude pénètre dans l'appartement. Je l'y suis. D'un coup de talon, je claque la porte. Virginie se retourne. Mon ciré gît déjà à terre.

*

Nous sommes rentrées à Paris. Je suis seule chez moi, ce soir ; il n'est pas prévu que nous nous voyions. Je m'installe devant un téléfilm à l'intrigue cousue de fil blanc. Je peine néanmoins à me concentrer. Je pense à notre séjour à la mer, qui est passé si vite, à Anne-Charlotte, que j'ai eue tout à l'heure au téléphone et qui me manque déjà.

Je turbine. Ce n'est pas bon, surtout quand je le fais à vide. Je ne veux pas que Beate me manque ; cela me semble le signe d'un attachement qui m'assujettit. On en connaît, pourtant, de ces histoires d'amour où les protagonistes ne se quittent jamais sans que leurs sentiments ne s'y épuisent. On en connaît… Vraiment ?

Je cherche autour de moi. Est-ce que j'envie ces couples que je connais ? Il y en a de toutes formes, des homos, des hétéros, des qui habitent ensemble, des qui vivent chacun chez soi, des mariés, des pacsés, des unions libres. Où ai-je imaginé qu'ils ne se quittent jamais ? Et qu'est-ce que je sais de leurs sentiments, de la manière dont ils vivent l'amour ?

Ce que j'en perçois est forcément une autre réalité que la leur. J'attrape mon agenda et en consulte le répertoire. Je tourne les pages. Non, décidément, aucun ne me fait envie, même pas ceux dont la longévité pourrait s'apparenter à de la réussite. La « *réussite* » ; je frémis.

Comment peut-on parler de réussite en matière de relation d'amour ? Une fois encore, quel en serait le critère ? Le patrimoine accumulé, le nombre d'enfants engendrés, la durée, la *paisibilité* du quotidien ? Le barbarisme me plaît : « *paisibilité du quotidien* ». Cela va avec l'idée de vieillir ensemble.

Et la passion dans tout cela ?

La passion ou le désir ?

J'ai soupé de la première dans ma quête effrénée du second. J'ai trop souffert. Je ne veux plus de ce rapport à l'amour où le « *Toujours plus* » prend le pas sur ce qui est vécu. Je veux aimer au présent, ni au passé, ni au futur. Je veux que l'amour m'apaise.

Je vais pour reposer mon agenda. J'arrête mon geste. Je l'ouvre à cette semaine. Quand vais-je revoir Frida ? Pas ce soir, donc. Demain, je dîne avec des copines. Vendredi, je n'ai rien de prévu. Ni samedi. Ni dimanche. Je peux donc espérer la voir dans deux jours, si tant est qu'elle n'ait aucun rendez-vous de son côté.

Je pourrais l'appeler pour le lui demander. Je refuse de céder ; je dois être capable de passer cette soirée seule sans lui téléphoner toutes les cinq minutes. Pourquoi ce défi en forme de supplice ? Le manque est si fort ; il fait mal. Pourquoi ? Parce que c'est comme ça.

Nous n'avons pas décidé de vivre ensemble ni de partager tous nos instants. Au contraire, nous nous sommes redit hier, presque par hasard, que nous étions bien chacune chez soi et que nous aimions les relations qui laissent du champ et des espaces libres. Ne suis-je pas bien, là, devant la télévision infichue de me détourner de mes introspections ?

Oui, je suis heureuse ; ou tout du moins, je dois être capable de l'être, face à face avec moi-même et un téléfilm de série B. Sinon, comment espérer construire une belle histoire puisque je la construirais en compensation d'un bonheur que je ne sais éprouver ? Il est temps que le téléphone sonne. Il ne sonne pas. N'est-ce pas la preuve que Blandine ne peut me sauver ?

*

Je regarde l'heure à l'horloge de mon bureau. Maéva m'a demandé de ne pas l'appeler avant 16 heures. Elle est en rendez-vous avec un client. On est loin du terme. J'enrage. Je relève mes mails. Je n'en ai pas. C'est également rageant. Personne ne m'aime. C'est certain.

*

Rolande me tire du lit en ouvrant les stores. « Il fait beau ! » claironne-t-elle. Elle a envie d'une longue balade, pourquoi pas récupérer la coulée verte et aller pique-niquer au parc de Sceaux. Je lui fais remarquer que dans pique-nique il y a… Elle est déjà sortie de la chambre. Je grogne. Elle ne revient pas. Je me lève. Je la rejoins dans la cuisine. Pascale me tend une tasse de café.

— Je descends chercher du pain et de quoi déjeuner dans l'herbe.

Elle m'offre ses lèvres. J'essaie de la retenir. Angeline se dérobe. Elle est partie. Je sirote mon café en regardant par la fenêtre. Je n'ai pas envie de me réveiller.

Je me dirige vers la chambre. Le lit me fait un signe. Je décline l'invitation : Servane ne serait pas contente de m'y trouver. Je récupère mes affaires posées hier soir sur la chaise et vais dans la salle de bains. Quand j'en sors, Toussainte passe la porte palière.

— Il y avait des quiches aux poireaux. J'ai pris aussi du pain et, pour le dessert, deux parts d'un gâteau aux noix qui m'avait l'air bon. Tu préfères des sandwichs ou une salade avec le pain à côté ?

— La salade.

— Tomates, haricots verts malheureusement en boîte, concombre et maïs ?

— C'est parfait.

Phoebe rejoint la cuisine. Je la suis. Elle pose sur la table une assiette avec deux croissants. Je la remercie d'un baiser. Je nous sers un café. Je petit-déjeune pendant qu'elle prépare la salade.

Celle-ci terminée, Raphaëlle range notre repas dans un sac à dos, ajoute serviettes et couverts, une trousse de secours, deux coupe-vent pliés dans des housses, deux casquettes, un tube de crème solaire, une vieille nappe, un paquet de mouchoirs et un autre de chewing-gums. Elle glisse dans les filets sur les côtés du sac une bouteille d'eau minérale puis s'inquiète de savoir ce qu'il nous manque.

Je réfléchis en laissant fondre le cœur d'un croissant contre mon palais. Je l'assure que tout y est, admirative du soin qu'elle met à la préparation de notre promenade. Il est temps de partir si nous voulons être à Sceaux pour le déjeuner. Je finis mon café. Oriane enfile une veste de randonnée, moi mon blouson. Nous quittons son appartement. Je frissonne. L'air est frais.

Nous empruntons au maximum les petites rues jusqu'à la porte de Vanves. Nous avons l'impression que la pollution y est moindre ; cela reste à démontrer. Nous passons le périphérique, longeons la voie ferrée jusqu'au terminus de la ligne 13 puis sillonnons entre les immeubles au gré de cette allée aménagée pour les vélos et les piétons avec des pelouses, des massifs fleuris ou arborés et des aires de jeux. Nous parlons peu.

L'air se réchauffe au fur et à mesure que midi approche. Cela fait près de deux heures que nous marchons. Je n'ai pas encore faim. Je boirais par contre volontiers un peu d'eau. Quitterie me désigne une rangée de bancs devant nous. Nous les atteignons en moins de trois minutes. Je m'assois. Micheline pose le sac sur le siège, en sort une bouteille et me la tend.

Je bois deux longues gorgées puis une troisième. Je lui rends la bouteille. Jeanne boit à son tour. Je lui propose de porter le sac. Elle rechigne. J'insiste. Elle cède. Elle remballe la bouteille. Je passe le bras dans une bretelle. Amber m'aide à passer la seconde. Nous repartons.

Nous ne sommes pas plus bavardes. Je m'en moque. C'est étrange ; je suis d'ordinaire si volubile. Je me concentre sur ce que mes sens perçoivent du monde alentour : mes yeux, mes oreilles, mon nez… Ma bouche et mes mains, ce sera pour plus tard. Je souris de cette pensée gourmande et coquine. Les deux vont si bien ensemble.

Une masse de verdure annonce notre destination. Nous cherchons un endroit confortable et ombragé d'où nous pourrons apercevoir l'un des bassins. Nous le choisissons avec soin et étalons enfin la nappe sur une herbe encore tendre. Nous espérons avoir le droit de nous installer là. Nous verrons bien.

Hannah sort du sac les ingrédients de notre repas. Je les répartis sur la nappe. Nous nous asseyons. Un nuage voile le soleil. Il fait tout de suite un peu plus froid. Le nuage s'éclipse. Nous le remercions en plantant nos dents dans les quiches. Elles sont très bonnes. Je félicite Chandler pour la salade. Elle refuse le compliment tant elle regrette que les haricots ne soient pas frais. Elle me promet de m'en faire une autre, très vite, et non improvisée cette fois.

J'aime bien les haricots en boîte, moi. Je n'insiste pas ; je sens que le sujet est sensible.

Un garde passe non loin. Il ne nous déloge pas. Nous en sommes ravies. La salade tire à sa fin. J'aurais volontiers mis un morceau de fromage dans mon pain ; ou un carré de chocolat ; ou… Il n'y a pas. Je le grignote sec ; il est assez bon pour cela. Ensuite je mange ma pomme, sans l'éplucher. Je garde le gâteau pour la fin. Lise m'imite. Elle se maudit de ne pas avoir pensé au Thermos de café. Je lui rappelle que nous sommes en pique-nique.

— Et alors ? Cela empêche de faire correctement les choses ?

La remarque est fondée.

— Disons que c'est une raison de s'accommoder de l'absence de café.

— On peut s'accommoder de tout et quelles que soient les circonstances. Ce n'est pas la question. L'idée est que ce gâteau aux noix aurait mérité un café et que la raison pour laquelle il n'y en a pas est que je n'y ai pas pensé.

— Tu n'es pas obligée de penser à tout.

— Obligée non ; par contre, je trouve dommage que mon plaisir, en l'espèce purement gustatif, soit contraint par le fait que je suis une tête de linotte.

— Le verdict n'est-il pas un peu lourd pour un simple café ?

Armande ne répond pas. Elle mord dans son gâteau. J'ai l'impression de l'avoir vexée. Je lui demande si c'est le cas. Elle finit sa bouchée.

— Non.

Le ton n'est pas convaincant. J'insiste. Elle cède.

— Disons que je trouve intellectuellement dommage que tu ramènes à « un simple café » une question qui tendait à dépasser ce cas d'école. Je ne suis donc pas d'accord avec toi.

— Et nous ne pouvons pas en parler ?

— Cela ne nous mènerait nulle part. C'est une question de caractère ou de prédisposition à extraire ce qu'il y a de théorique en chaque situation.

Est-elle en train de me traiter d'imbécile ? Je ne peux y croire.

Yvette mange une nouvelle bouchée de son gâteau. Je fais la lippe dans le mien. Elle ne tente pas de relancer la conversation. Je me sens en colère. Je ne veux rien en dire ; Ellula va ergoter, m'expliquer que mon irritation est infondée, qu'il est acquis que son propos était de pure circonstance, que mes capacités intellectuelles ne sont évidemment pas en cause, que je pourrais me défendre, qu'à force de vouloir qu'elle m'aime je pratique la soumission, qu'elle ne veut pas de cette relation-là, que… que… que.

J'ai envie de pleurer. Je savais que je n'aurais jamais dû accepter ce pique-nique. Je n'aime pas les pique-niques.

Une fourmi a élu domicile sur ma part de gâteau. Une abeille ou une guêpe bourdonne à portée d'oreilles. L'humidité de l'herbe a gagné mes fesses. Je me suis engueulée avec l'amour de ma vie. Il ne manquerait plus qu'un orage ne se déclenche et j'aurais gagné ma journée.

Je lève les yeux au ciel. Il est d'un bleu d'azur. C'est déjà cela de pris. Jacqueline a fini son dessert. Je peine à avaler le mien. Je le remballe dans son alu. Elle me demande si ça va. Je lui réponds que je n'ai plus faim. Est-elle dupe ? Je m'en moque. Je voudrais rentrer.

J'argue que je suis fatiguée. Aurais-je attrapé froid ? Nefert s'inquiète soudain, oubliant les mots blessants qu'elle a prononcés il y a moins de cinq minutes. Je la trouve gonflée de faire comme si de rien n'était. Je me renfrogne un peu plus. Faye pose sa main sur mon front.

— Tu as de la fièvre ?

Je hausse les épaules. Sa sollicitude accroît mon dépit. Je bougonne. Marielle m'interroge. Je ne veux pas m'expliquer ; je n'ai rien à expliquer ;

c'est à elle de comprendre toute seule qu'elle m'a blessée. C'est la moindre des choses, non, quand on prétend aimer quelqu'un ? Emmeline m'aime-t-elle ? La revoilà, cette foutue question !

Nous rangeons nos affaires en silence. Elle se met debout. Elle me tend la main. Je m'en saisis. Elle me relève et me serre contre son cœur. Je ne fléchis pas. Elle récupère le sac à dos. Elle me propose une casquette. Je décline. Je fouille ma poche en quête d'un cure-dents. Il se plante dans la pulpe de mon majeur.

— Aïe !

Rita se précipite. Je brandis mon doigt duquel pend le morceau de bois. Elle le retire, me le fourre entre les dents et embrasse l'endroit de ma blessure.

Nous reprenons le chemin de Paris. Carmen tente encore de renouer le dialogue. Elle me raconte ses déboires avec un client. Je l'écoute d'une oreille distraite. Je cherche dans ma mémoire la phrase que je n'ai pas digérée. Je ne la retrouve pas. Cela m'agace. Si je devais lui faire des reproches, il me faudrait la formulation exacte.

— Tu m'écoutes ?

Je sursaute.

— Oui, oui, je…

Elle poursuit son bavardage. Je suis désespérément ailleurs. Je voudrais rentrer chez moi. Je ne l'aime plus. J'en suis sûre. Là ? Comme ça ? Oui. Là. Comme ça.

Il ne fallait pas qu'elle me traite d'imbécile. Elle me méprise, je le sais. Il n'y a que mon cul qui l'intéresse. Je me suis fait avoir, une nouvelle fois. Ce n'est pas la première. C'est toujours comme ça. Je croyais pourtant que l'amour me guérirait de la souffrance. Perdu.

Ma colère enfle. J'ai le sentiment d'avoir été flouée. Quelque chose me dit que je divague ; je suis incapable d'y mettre fin tant l'idée de m'être trompée m'est insupportable. Je donne le change par onomatopées. Sophie s'en satisfait. Cela ne prouve-t-il pas qu'elle n'en a rien à faire de moi ? Elle n'a même pas remarqué que je faisais la tête. Elle n'arrête pas de me demander si je suis malade.

— Peut-être est-ce la quiche qui ne passe pas ? Je l'ai trouvée un peu lourde.

Elle a bon dos, la quiche ! Et l'on se demande qui est lourde.

Ma colère monte encore d'un cran. Nous approchons du terminus du métro. Je vais dire à Bing Qing que je rentre, que je ne veux plus la voir, que c'est fini entre nous, que je ne supporte pas que l'on me tire du lit à

7 heures du matin un dimanche pour crapahuter sur une coulée verte ni que l'on me méprise, que sa conversation m'ennuie, que ses fesses ne m'excitent plus, que nos vacances étaient un enfer, que l'idée même de l'embrasser me débecte, que… Basta !

— Tu es sûre que cela va ?

Léni s'est arrêtée. Elle m'a prise par le bras. Je fonds en larmes. Je baisse la tête. Mon cure-dents tombe par terre. Macha m'attire contre elle. Je m'y love. Je m'y déverse. Je m'y répands. Arielle me berce. Elle me caresse les cheveux, la nuque et les épaules. Elle glisse des mots doux à mon oreille. Elle ne me demande rien. Elle m'étreint.

C'est tout. C'est fort. Je pleure de plus belle. Je ne suis pas digne de tant d'amour, surtout pas après ce que je viens de penser d'elle. Je n'arriverai jamais à lui expliquer mon chagrin. Ma blessure perd de son sens, ou de son actualité. Ce n'est pas la même chose. Cela produit le même effet. Je suis ridicule. Je suis malheureuse. L'amour m'échappe.

Ide tire un paquet de mouchoirs de la poche avant gauche de sa veste. Elle se recule. Elle gobe les larmes qui coulent sur mes joues. Elle sort un mouchoir du paquet. Elle le déplie. Elle me le tend. Je me mouche. Je me recale aussitôt contre son sein. Elle referme ses bras. Sa tendresse me submerge.

Ma respiration est secouée de hoquets et de soupirs que je ne contrôle pas. Je crains de plus en plus le moment où je vais devoir justifier ma tristesse. Mes yeux s'assèchent. Je reprends mon souffle. Je turbine de nouveau. Je cherche une échappatoire, une raison à ce coup de chagrin qui soit très loin de notre relation. Je vais devoir lui mentir. Au point où j'en suis.

Un long spasme me secoue de pied en cap. Soraya couvre mon visage de petits baisers puis effleure mes lèvres. Sa langue les ouvre. Le baiser nous rassemble. Il se prolonge. Mes doigts crochètent sa taille. Mon cœur vacille. Le baiser s'achève.

Marina me regarde, sans question, avec juste une pointe d'inquiétude au coin des yeux. Je la rassure d'un sourire pâle. Elle me désigne l'entrée du métro.

— On rentre ?

— Je veux bien que nous marchions encore un peu.

Ma voix est faible. Inès comprime ma main, ferme, et m'emporte à travers les rues semées de pavillons, d'entrepôts et d'immeubles de béton ou de briques, c'est selon.

La mairie de Montrouge nous accueille de son imposante façade. Nous la contournons, avançant au gré de notre fantaisie. Nous ne croisons pas grand monde, ni gens à pied, ni véhicules en mouvement, à croire que la vie s'arrête le dimanche dans ce coin de petite couronne.

Nous butons contre le mur d'enceinte du cimetière de Bagneux. Nous le longeons jusqu'à une entrée. Je tire Liselotte à l'intérieur. Elle se laisse faire. Nous avançons le long d'une large allée goudronnée, bordée d'arbres et de haies qui dissimulent les carrés où sont alignées les tombes. Seules quelques croix dépassent de la verdure au point que l'on pourrait se croire dans un jardin à la configuration somme toute étrange.

Nous croisons un couple, puis une femme, assez âgée. Une camionnette blanche et crasseuse avance au pas. Nous nous écartons et montons sur l'espèce de trottoir en terre battue. Nous zigzaguons entre les arbres, les bancs, les fontaines entourées d'arrosoirs, les poubelles conteneurs ou corbeilles, les lampadaires et des pierres à demi enterrées plus grosses que les autres. Il n'y a pas de crottes de chien.

Léonide bifurque. Elle se glisse dans une ouverture pratiquée dans une haie. Un parterre de tombes s'ouvre devant nous. Aucune ne se ressemble. Certaines sont fleuries, d'autres non. Il y a des dalles en marbre, noires ou grises pour la plupart, des pierres toutes simples et de véritables petites maisons qui abritent des caveaux. Il n'y a pas de tombes avec un simple carré d'herbe ou de la terre battue. J'ignore si c'est interdit ou si c'est une question de culture.

Nous avançons en longeant une allée de quelques centimètres de large, lisant les épitaphes gravées dans la pierre. Les noms défilent, les années, les pensées parfois. Je me surprends à calculer à quel âge chacun est mort. Que m'importe ? Et pourtant, je compte, ma compassion variant au gré des durées de vie.

La mort serait-elle plus acceptable quand on a vécu longtemps ?

La question me ramène à celle de la durée de la relation amoureuse. Je songe que la réponse alors serait inverse : moins cela a duré, plus il serait aisé d'accepter la séparation. Ah bon ?

Je n'ai pas envie d'y réfléchir. La main de Myrtille étreint toujours la mienne. Je veux en savourer la chaleur, en éprouver la force, m'y amarrer et que rien, pas même un malentendu, ne m'éloigne de notre amour.

Nous arrivons au bout de l'allée. Nous sortons du carré de tombes, traversons la partie goudronnée et entrons dans un nouveau carré. Il ressemble au précédent, même s'il n'est pas identique. Un homme est à genoux. Il bine la terre d'une jardinière avec un petit outil. Nous faisons un crochet pour l'éviter et sortons vite du carré afin de ne pas troubler sa méditation.

Nous nous retrouvons de nouveau sur une voie goudronnée. Cette fois, nous l'empruntons. Elle nous mène au pied du mur d'enceinte. Nous le longeons jusqu'à atteindre une sortie. Où sommes-nous ? Je l'ignore, Falbala aussi.

Le soleil cogne. Nous faisons halte le temps de boire. Je récupère la fin de mon gâteau aux noix. J'en propose la moitié à Montserrat. Il m'aurait semblé cavalier de ne pas le faire. La blague est facile. Nous rions et reprenons notre exploration urbaine.

Je mange seule mon gâteau. Il me donne soif. Nous faisons une nouvelle pause. Je bois. Les deux bouteilles sont vides. Est-ce le signe qu'il est l'heure de rentrer ? Nous ignorons toujours où nous sommes. Une large artère se dessine devant nous. Un panneau de signalisation indique Paris sur la gauche.

Le flux automobile est important. Il nous fait fuir. Nous allons tenter de rejoindre la capitale par les rues adjacentes. C'est risqué. Le soleil va nous guider.

Nous trottons une bonne heure encore avant de nous retrouver au bord du périphérique, à deux pas de la porte de Châtillon. Nous nous félicitons mutuellement de notre sens de l'orientation. Je me sens mieux, plus calme, plus détendue. Je crains toujours de devoir expliquer mon chagrin. Je ne lui ai pas trouvé de raison avouable. Je vais devoir improviser.

L'appartement de Nikita n'est plus très loin. Je suis la première aux toilettes. Marie-Euphrasie vient s'asseoir sur mes genoux alors que je suis en pleine miction. J'en suis gênée. Je n'en dis rien. Je ne voudrais pas qu'elle me prenne pour une sainte nitouche. J'ai fini. Elle découpe trois feuilles de papier-toilette et me les tend.

— Tu veux que je m'en charge ?

Je rougis. Carla se recule un peu. Sa main glisse entre mes cuisses. Le papier atteint mon sexe. Il essuie et tombe aussitôt à l'eau. Je suis déçue. J'aurais voulu… Comment dire ?

Je ne sais pas dire. Itzel réclame ma place. Je lui fais remarquer que je ne peux pas me lever si elle reste assise là où elle est. Elle en convient. Je la laisse. Elle me retient. Je me dérobe. Elle me rejoint dans la cuisine. J'ai mis de l'eau à chauffer pour le thé. Elle se cale dans mon dos.

— Ça va mieux ?

Je hoche la tête.

— Tu m'as fait peur, tu sais ?

Peur ? Je me retourne. Je l'interroge du regard.

— J'ai cru que tu ne m'aimais plus.

« Et moi donc ! » Je garde ma remarque pour moi. Je démens, avec force. Yvonne caresse ma joue.

— Pourquoi pleurais-tu, alors ?

— Je ne sais pas. C'est monté, comme ça ; un gros coup de bourdon. Mais je t'aime tu sais, si tu savais comme je t'aime…

Le dire me rassure. L'eau bout. Suzanne attrape la bouilloire sur le plan de travail et verse l'eau dans la théière. Elle revient contre moi. Je pose mes mains sur ses fesses. Elle me demande si j'ai envie d'elle. Quelle question !? Je la gronde. Nous rions.

Ses lèvres cherchent les miennes. L'incident est clos. Ce soir, nous dormirons ensemble. Aurais-je été capable qu'il en fût autrement ? Je préfère ignorer la question.

*

Nous passons devant un bar-tabac-PMU. Cela réveille mes papilles ; elles ont envie d'une bonne bouffée de blonde. Kaéla est brune. Je lui propose de faire un Loto : une Super Cagnotte est en jeu. Elle a l'air surprise.

— Tu connais la probabilité de gagner ?

— Oui, elle est nulle.

— Dans ce cas, pourquoi dépenser ton argent ?

— Parce que si je perds, cela voudra dire que l'on s'aime.

— Je ne comprends pas.

— *Malheureux au jeu, heureux en amour…*

— Ah ! tu joues pour perdre, alors ?

— Et pour gagner aussi.

— C'est contradictoire.

— Tout à fait.

J'ai sorti quelques euros de ma poche.

— Qu'est-ce que tu décides : tu joues avec moi ?

— Pourquoi pas, finalement.

J'entraîne Muriel vers le kiosque où sont disposés les bulletins. Je sors un stylo de ma poche. Je lui réclame six numéros entre 1 et 49. Je coche la grille en conséquence. J'en remplis une pour moi. Je lui réclame de nouveau trois numéros. Je panache avec trois miens. Je passe à la caisse. Le monsieur valide notre bulletin. Je paie puis réclame la moitié de la mise à Madison.

— C'est cher, ton truc !

— Imagine que l'on gagne la Super Cagnotte.

— Elle est à combien ?

— Quelques millions d'euros.

— Mazette !

J'empoche le bulletin. Nous regagnons le trottoir. Marie-Margueritte s'accroche à mon bras.

— Et qu'est-ce qui me prouve que si l'on gagne tu partageras ?

— Rien.

— Si tu ne partages pas, je te tue.

— Tu serais capable de me tuer ?

— Pour de l'argent, oui.

Je prends une mine affligée.

— Tu as une drôle de façon de m'aimer.

— Tu ne me tuerais pas, toi, pour quelques millions d'euros ?

— Jamais !

— Menteuse.

Lilith éclate de rire. Elle m'entoure de ses bras et m'invite à danser. Je la suis dans un pas de valse. Des passants nous dévisagent, inquiets. On s'en moque. On danse encore. Le manque de souffle nous arrête. Giuseppina lâche ma main.

— Et si nous dépensions cet argent ensemble, plutôt que de le partager ?

— Bonne idée. On pourrait faire le tour du monde en bateau.

— En bateau ?

— J'ai trop peur en avion.

— C'est comme tu veux ; il n'est pas question que tu aies peur. Tu aurais envie d'autre chose ?

— Que l'on achète chacune un appartement et que…

Je la sens se crisper à mes côtés.

— Pas un appartement pour toutes les deux ?

— Je…

Je me tais. Sharon m'observe par le travers, en attente de ma réponse.

— Tu ?

— Je… J'ai un faible pour le modèle Sartre-Beauvoir. Le partage d'un espace est toujours très délicat ; on se marche sur les pieds ; on n'a pas le choix de se voir ou non ; on perd de son intimité ; etc. Avoir chacun le sien à une distance raisonnable permet d'éviter les soucis. C'est la proximité sans la promiscuité. Ouf ! c'est dur à dire.

— Si l'on a beaucoup d'espace, la promiscuité disparaît, non ? Et avec tout cet argent gagné, on pourra s'acheter un appartement si grand qu'il y aura des jours où l'on ne se croisera pas.

— Quel intérêt, alors ?

— Vivre ensemble.

Un feu nous arrête. Je me mets en position d'attendre que le petit bonhomme passe au vert. Marie-Luce trépigne. Elle me pousse sur la chaussée. Je râle.

— Si l'on meurt, on ne vivra jamais ensemble.

— Tu ne l'exclus donc pas ?

— J'en ai même envie, parfois.

— Tu avoues.

— Je ne l'ai jamais nié.

— Tu ne l'as jamais dit aussi clairement.

— Toi non plus, tu ne dis pas.

— Ce n'est pas pareil.

— Ah ?

— Dire que je voudrais vivre avec toi serait me porter en faux avec tout ce que j'ai mis en œuvre pour justifier de bien vivre mon célibat.

— Je compatis.

Nous rions. C'est aussi pour cela que j'aime Guyette ; parce que nous rions, souvent. J'aime… « *parce que* » ? Et moi qui cherche à aimer tout simplement, sans raison, juste parce que c'est bon. Encore un « *parce que* » ; il n'est pas identique ; il ne donne pas une cause à l'objet de l'amour mais explicite l'effet produit.

C'est compliqué, cette affaire. Passons. Il y a plus urgent, comme savourer le rire. Je ne pensais pas qu'il fût possible de rire autant avec quelqu'un. Daphné serait-elle particulièrement drôle ?

Non, c'est plus la nature de notre relation qui l'impose ou peut-être une disposition commune qui nous porte à regarder le monde comme nos propres manières de fonctionner avec l'envie de s'en amuser. Notre rire s'épanouit dans le partage, la complicité, la communauté d'esprit. Serait-il un gage d'amour ? Il en est, en tout état de cause, une belle expression.

Nous approchons d'une zone de forte circulation piétonne. Nous bifurquons afin de l'éviter. J'en profite pour prendre le bras de Cléo. Le contact coupe la conversation. Nos corps sont unis. Ils décident du parcours. Nos esprits sont-ils en communion ? Je ne crois pas. Comment pourraient-ils l'être ? Les lois physiques ne l'autorisent pas, pas plus qu'elles n'autorisent la fusion des corps.

Pourquoi accepter l'un et pas l'autre ? En quoi la fusion des corps m'est plus supportable que celle des esprits ? Parce que la liberté ne se perdrait réellement que dans la contrainte morale et intellectuelle ? À l'instant, ma main emprisonne le bras de Jeannette ; son esprit, lui, n'est en rien contraint, sauf à considérer que la marque tactile de ma présence suffit à agir sur son esprit.

Et le mien, d'esprit, n'est-il pas en pleine divagation ? Je le laisse faire, comme si j'avais besoin de cette preuve de ma liberté…, chérie. J'écris ton nom, Gladys, et je laisse les pensées se suivre, sans les retenir ni les entretenir. Même décalées du contexte, elles font partie de l'instant ; elles ne m'éloignent pas de Chantal ; au moindre de ses signes je peux revenir dans le giron.

Le signe tarde. Le bitume défile sous les semelles de nos chaussures. Nous entrons dans le jardin des Tuileries. Nous rejoignons aussitôt une allée transversale, toujours pour éviter le trop de gens. C'est une manie chez nous, viser les endroits peu fréquentés. Gwenaëlle me désigne le musée du Jeu de Paume. Nous avançons jusqu'à l'entrée. C'est fermé. J'en suis marrie ; je serais volontiers allée aux toilettes.

*

Je n'ai envie de rien. Je me traîne. Je tourne en rond. Tout m'ennuie. May m'appelle sur mon portable. Elle sort du travail. Elle souhaite que je la rejoigne. Je ne sais pas. J'ai la flemme de bouger. Je n'avais pas prévu de la voir. Je dois me décider, elle m'appelle hors forfait.

Je dis oui. Golda me propose Réaumur : c'est sur sa ligne et sur la mienne autant que c'est à deux pas d'une boutique où elle a ses habitudes. L'idée d'emprunter le métro me tire une nausée ; celle de faire du shopping me déclenche une migraine. J'enfile des chaussures.

Pourquoi ai-je dit oui ? Par crainte de la décevoir en lui refusant ce rendez-vous ? Ou de lui déplaire ? Non, ce n'est pas ça. J'espère que la voir me redonnera l'envie, que sa présence restaurera les bienfaits de l'amour.

J'attrape un journal. Je passe ma veste. Je sors. Je presse le pas jusqu'au métro. C'est l'heure de pointe. Je suis compressée au milieu des voyageurs. Il est impossible de lire, presque de respirer. Mais pourquoi ne suis-je pas restée chez moi à ruminer mon mal-être plutôt que de venir le frotter à pire ? Je suis en colère. Cela n'arrange rien à la situation. Les stations défilent.

Aux Halles, je craque. Je remonte à la surface. Je finis le chemin à pied. Philomène est là. Elle m'attend, adossée à une colonne Morris nouvelle génération. Elle m'ouvre ses bras. J'y plonge.

Son parfum réveille mes papilles. Je ne veux plus bouger, rester là, m'enivrer, ignorer le monde, oublier le bruit et que cet ennui qui pourrit ma vie s'écoule dans le ruisseau et par l'égout, arrive à la mer. Une petite éternité passe ; elle me semble une seconde. Fabiola m'invite à desserrer notre étreinte.

Si elle en a marre de moi, il faut qu'elle le dise ! Je m'éloigne. Elle me prend par l'épaule et me sourit. Je me détends. Elle commence à me parler de sa journée tout en guidant nos pas vers la boutique de mode. Je me tais. Elle me trouve grognon. Je confirme.

— J'aurais dû te prévenir…

— Et tu penses que j'aurais renoncé à te voir ?

— Cela n'aurait pas été illégitime.

Louison fait les gros yeux. Je n'ai pas envie qu'elle me gronde. Elle ne s'en prive pas. J'écoute tête basse son prône sur ses sentiments dont je n'ai pas le droit de douter quelle que soit mon humeur. C'est joli à entendre. Est-ce pour autant vrai ? Béatrix me suggère de me renvoyer la question et d'imaginer que c'est elle qui est de méchante humeur. Aurais-je refusé de la voir ?

— Bien sûr que non !

Mon indignation n'est pas feinte. Barbe insiste sur la contradiction que celle-ci révèle. Je me renfrogne. Ce n'est pas un jour où j'ai envie d'avoir tort. Je m'insupporte de plus en plus. Je dois désamorcer la pompe, trouver le déclic qui me fera basculer du côté où la vie est agréable. Et si je n'en ai pas envie ? Bien sûr que j'en ai envie.

Je rechigne encore. La déprime est aussi un moyen d'exister.

Je suggère à Rachel que nous rentrions. Elle me pousse à l'intérieur de la boutique. Je n'avais pas songé à cet intérieur-là. Qu'importe ! il y fait bon. Une vendeuse se précipite. Je m'assois sur un pouf. Je les laisse à leurs affaires. J'ai les miennes qui ne tournent pas rond.

De temps à autre, je lève le nez à la demande de Pia. Elle réclame mon avis. Je le lui donne avec plaisir ; cela me détourne de mes pensées noirâtres. J'aime quand elle cherche en mon regard à être belle. Cela me donne de l'importance ; cela me fait m'aimer moi-même. C'est toujours utile, de s'aimer soi-même ; ce soir, plus que d'autres, tant ma mauvaise humeur persiste.

Aglaé répond à mes avis d'un sourire qui m'enveloppe telle une pelisse et me protège des rigueurs de l'hiver. Il fait froid à l'intérieur de moi. Je suis si faible que son amour est mon seul rempart face aux agressions extérieures. Je suis au chaud dans ma misère. Aline ne m'en sortira pas. J'aurais bien aimé, pourtant, qu'elle se chargeât aussi du dedans.

Je ne dois pas y compter. Serait-elle une méchante fille ? Loin de là.

Anne-Sophie n'est simplement pas du genre à se mêler de mes affaires internes. Elle a raison. Elle n'y peut rien.

Elle revêt un chemisier qui souligne le bel arrondi de sa poitrine. Je m'en repais. La pelisse y gagne en épaisseur. Je transpire. Je bous. Mon désespoir forme un magma. Il exsude les pores de ma peau. Je vais imploser. J'ai besoin d'air.

Je me lève. Marion paie ses emplettes que la vendeuse emballe. Une pluie fine nous accueille dehors. Je n'en suis pas contrariée. Je me couvre de ma capuche. Kenedy sort un parapluie. J'en profite et m'accroche à son bras. C'est bon de la sentir là, qui m'abrite, me soutient et me guide. La sécurité m'invite à faire le ménage dans mon esprit. Je n'ai toujours pas débrayé.

Nous rentrons. Ce soir, nous dormons chez Nadine. Elle est tout heureuse de ses achats et dès que nous arrivons, elle me propose de faire un défilé. Je m'installe dans le fauteuil dos à la fenêtre. Lotte met de la musique. C'est un morceau de jazz un peu mou de la rythmique ; j'aurais préféré la BO de *Pretty Woman*. Je n'en dis rien.

J'applaudis à chaque tenue ; je suggère d'autres assemblages, avec des vêtements ou des accessoires qu'elle a déjà. Marie-Aude essaie encore. Elle cherche quelque chose de classe sans être austère pour un rendez-vous important demain matin. Tous ses tailleurs-pantalons y passent. Un gris clair égayé d'un chemisier prune remporte le concours.

J'aide Noémie à ranger ses habits. Elle me parle de son rendez-vous. Je préférais la séance d'essayage. Je l'écoute sans entrain. Je crains qu'elle ne s'en aperçoive. Je me concentre. Je ne veux pas la blesser.

— Et si tu remportes le marché, cela donne quoi ?

— Dix ans de travail.

Je suis impressionnée.

— Et si tu ne le remportes pas ?

— On licencie vingt personnes.

C'est ennuyeux. Thuthukile le pense aussi. Elle ne peut rien contre. Elle le regrette. Je la crois. Je prends la mesure de la responsabilité qui est la sienne. À côté de cela, mes petits problèmes existentiels ne sont rien. Il me faut les évacuer, vite ; Chloé a besoin de mon soutien, de ma tendresse, de mon attention. Elle n'a rien réclamé. Je l'admire.

Le déclic se produit. Je dois l'aider, être auprès de celle que j'aime dans ce moment difficile, écouter sa peur, tricoter au plus vite la pelisse qui la protégera à son tour des rigueurs de la mondialisation ultralibérale, l'entourer, être prévenante, oublier mon mal-être, me vouer au sien.

J'ai trouvé le ressort : sacrifier ma mauvaise humeur sur l'autel de la compassion. Ma tête émerge de mes épaules. Mon sourire s'élargit. Mon esprit s'apaise. Je demande à Doris si je peux l'aider à préparer ce rendez-vous difficile. Elle me répond que c'est déjà fait, avec le choix de son tailleur. Pour le reste, elle a tout revu avec son équipe cet après-midi. Elle a besoin de se détendre et de bien dormir ; rien de plus.

Je m'excuse d'avoir été si grognon vu les circonstances. Elle me rassure : mon humeur est sans incidences sur ma capacité à lui procurer du bonheur. J'ignore si je dois ou non m'en réjouir. Mon bien-être retrouvé était fragile. Je fais la lippe. Djamila me demande pardon ; elle ne voulait pas me blesser. Elle ne va pas au-delà. Au-delà de quoi ?

J'enrage. C'est la colère, maintenant, qui me pourrit la vie. Comment ai-je pu croire que Berthe avait besoin de moi ? Ce n'est pas la bonne question. Je reformule. Comment ai-je pu croire que la choyer me réconcilierait avec moi-même ?

Je me comporte en adolescente mal dans sa peau, toujours en quête d'une preuve d'amour, affligée à la moindre contrariété. Il est urgent que je grandisse, que je cesse d'être une enfant qui confond l'abondance avec la qualité. Je dois apprendre à me satisfaire de chaque moment avec Agrippine et surtout, être capable de mesurer la portée amoureuse de ce qu'elle vient de me dire : *mon humeur est sans incidences sur ma capacité à lui procurer du bonheur.*

J'entendrais une telle réplique dans un film, j'en aurais la larme à l'œil. Ma vie ne se déroule pas comme au cinéma. Il n'y a jamais de seconde prise. C'est du direct. Comment fait-on pour se rejouer la scène et l'apprécier à sa juste valeur ?

Je me dois de savourer son sourire, son regard lumineux de désir, ses paroles tendres et tout ce qui va avec. Je veux savoir pourquoi je n'y arrive pas, pourquoi je suis réfractaire à cette idée que l'amour puisse être un sentiment du quotidien qui rend la vie simplement plus agréable.

C'est si contraire à ce que j'ai vécu jusqu'à présent, des histoires où la passion se faisait fi des contingences ; elle s'y opposait même, sortait l'amour de toute réalité. J'ai l'impression que celui que Keith me propose est à l'image de ce morceau de jazz qui tourne encore sur la platine : sans rythme, sans lyrisme, monocorde, juste là pour donner une ambiance, imposer le calme, endormir, flétrir, amadouer.

Formulé ainsi, c'est insupportable. Et pourtant, je ne suis pas allée changer le CD. Serais-je enfin en train de sortir de l'enfance et d'inscrire l'amour dans le réel plutôt que dans l'imaginaire ? Je n'en sais rien. Je n'ai envie de rien. L'amour m'ennuie, le sexe n'en parlons pas !

C'est une horreur de dire une chose pareille. Je le dis quand même. Je ne vois pas d'issue. Alima me suggère de chercher avec les mains et m'en fourre une dans l'entrecuisse. C'est malin ! Elle me prévient que si je continue à manquer d'humour, elle me donne une fessée. Elle ne le fera pas. Je m'en moque. La menace ne m'excite pas. Plus rien n'est en mesure de m'exciter.

Béatriz m'entraîne dans la chambre. Elle m'enlace. J'ai envie de pleurer. C'est mieux que de n'avoir envie de rien. Je pleure. Émilienne ne desserre pas son étreinte. J'apprécie la carapace dont elle m'entoure même si c'est toujours mon lot de me débrouiller avec mon mal-être intérieur.

J'ai l'impression qu'elle chantonne quelque chose comme une comptine. Je ne suis plus un bébé. Et pourquoi les bébés auraient-ils le monopole des comptines ? Je laisse le refrain me bercer. Mes larmes coulent moins dru. Mes pleurs cessent. Je dépose quelques tendres baisers dans le cou de Kay. Elle me laisse faire puis se détache. Elle m'embrasse sur la joue.

— Je vais me laver les dents. Tu m'accompagnes ?

Je la suis dans la salle de bains. Elle attrape ma brosse à dents dans le verre, la rince à l'eau froide, y dépose une ligne de dentifrice et me la tend. Je brosse. Elle fait de même, face à moi. Elle imite mes mouvements en miroir. Je joue à la surprendre. Elle reste vigilante et ne s'en sort pas trop mal. Nous rions de nos facéties, forcément. Cela me fait du bien, quelques instants.

Un peu de dentifrice coule sur mon menton. Je me penche au-dessus du lavabo. Je crache. J'ouvre le robinet d'eau froide. Je rince, ma bouche et la brosse. Je m'écarte du lavabo. Fang Yin s'en approche à son tour : elle crache et rince, sa bouche comme sa brosse. Elle quitte la salle de bains.

Je tends la main vers mon gant, celui pour le visage. Quand Yamina revient, vêtue de sa nuisette brodée de lilas, je referme le pot de crème hydratante. Je lui laisse la place. Je retourne dans la chambre passer mon pyjama. Je secoue les oreillers. Je remarque que la bouteille d'eau est vide. Je me relève. J'ai envie d'un morceau de chocolat. Mes dents sont propres. Je me contente de remplir la bouteille.

Isidora m'attend dans le lit. Elle s'allonge à mon arrivée. Je me cale contre elle, un bras sous moi, l'autre posé sur son ventre. Elle a envie que nous fassions l'amour. Je le sens. J'hésite. Peut-on faire l'amour rien que pour faire plaisir à l'autre ? Si ma formule avait été « *pour le plaisir* » et non « *pour faire plaisir* », la proposition aurait été plus acceptable. Je me moque de tout, alors pourquoi pas de l'inacceptable ?

Ma main glisse vers sa vulve. Elle remplit son office sans entrain mais avec dextérité. Le plaisir fuse et change de main. Je jouis à mon tour. C'est rapide. Une petite décharge et hop ! plus rien ; les tensions nerveuses se sont envolées.

Le corps est mou, l'esprit n'est pas vide. Dommage. J'aurais bien aimé que mon cerveau se libère des toxines qui polluent mon entendement. Ces pensées qui réduisent le sexe à la vidange d'un trop-plein de tensions m'effraient. Où est la féerie de l'amour ? Peut-être dans cette capacité que l'on a à le faire quand l'humeur n'y est pas.

Cette idée me rassure à défaut de me convaincre. Je suis toujours dans l'entre-deux et il me semble de plus en plus évident que je dois faire le deuil de mes passions d'antan si je veux vivre l'amour comme un bonheur du quotidien.

Je me colle derechef contre Hermione. Ma main est revenue sur son ventre. Elle se soulève au gré de sa respiration. Rosemonde s'est endormie. Je ferme les yeux. J'ai envie de dormir aussi et que demain soit une journée plus agréable dans ma cohabitation avec moi-même. Je cale ma respiration sur la sienne. Mon corps se met au repos.

Je me réveille à 2 h 24. Je me rendors.

À 6 h 59, la sonnerie du réveil me fait sursauter. Andrée l'éteint dans un geste réflexe. Elle se tourne vers moi. Mon cœur palpite quelques secondes puis reprend son rythme habituel. Je bois deux gorgées d'eau. Byambasuren grogne. Je l'embrasse de petits baisers moelleux et lui propose de m'occuper du café. Elle me retient. Elle veut un câlin.

Je la dorlote jusqu'à 7 h 11. Ensuite, je me lève d'autorité. Alexine rouspète. Je souris. Serait-ce le signe que ma mauvaise humeur est passée ? Le diagnostic est prématuré. Le grognon fonctionne comme la migraine : on le sent là, pas loin, près de nous envahir, sans savoir s'il viendra ou non. Je ne connais pas de pilule anti-grognon ; ma seule arme est de ne pas prêter attention à la menace.

Je fais la vaisselle pendant que le café passe. Un zombi de sexe féminin me rejoint. Sachiko s'accroche à ma taille, la joue posée sur mon épaule. Je rince les derniers couverts. Le café est passé. Je me retourne en douceur. Elle s'écarte le temps nécessaire puis retombe dans mes bras. Le câlin interrompu s'emballe. Mes baisers redoublent. Kouther ronronne. Elle fait mine de vouloir nous emmener hors de la cuisine. Je fronce les sourcils.

— L'heure tourne !

Elle soupire. Sa bouche se déforme pour exprimer son mécontentement. Elle en fait un peu plus que nécessaire. Je nous sers nos cafés et dépose sur la table de quoi petit-déjeuner. Reine frissonne.

— Assieds-toi ; je vais te chercher un gilet.

Elle prend place, les deux mains autour de son mug de café. Je l'embrasse au passage. Elle lâche sa tasse et tente de m'asseoir sur ses genoux. Je résiste. Elle grogne derechef. Je lui ramène une veste en polaire. Je la lui pose sur les épaules. Elle ne bouge pas. Je m'installe en face d'elle mi-amusée, mi-agacée par ce rituel matinal.

Je voudrais parfois qu'elle ne soit pas dans le pâté, que l'on rie, qu'elle me parle, joyeuse comme elle l'est les jours où elle ne travaille pas. Je n'aime pas la secouer ; cela m'est presque douloureux tant je serais ravie de rester au lit près d'elle. Qui m'oblige à le faire ? Do'ingn ne me l'a jamais demandé. Alors pourquoi ce sentiment de culpabilité si elle arrivait en retard à son bureau ?

Gwendoline file sous la douche. Je reste assise, là, hésitant toujours sur mon humeur, cherchant la raison qui me pousse à jouer ce rôle de mère Fouettarde qui l'oblige à se réveiller.

Si Lison ne m'a effectivement jamais rien demandé, elle semble néanmoins se plaire dans ma prise en charge dynamique de nos petits-déjeuners. Comment faisait-elle avant notre rencontre ? Je suis en train de me faire avoir. Notre couple sombre dans le jeu de rôle, papa-maman, pipi-caca, bobo-lolo. L'association d'idées me tire un sourire. J'entends l'eau de la douche qui coule. Je débarrasse la table et passe un coup d'éponge. Il va falloir que je fasse attention.

À quoi ?

*

Nous n'avons pas gagné au Loto.

*

Hier, je suis allée à la piscine. Elle était fermée. Le caissier m'a expliqué que quelqu'un avait vomi dans le bassin. Je m'étais promis d'y retourner aujourd'hui. Il fait chaud. Nager me ferait du bien. J'hésite. Cela va me priver de deux heures près de Btissem. Je pourrais lui proposer de m'accompagner. Je préfère y aller seule, prendre mon temps sans rendre de comptes, rester maîtresse du nombre de mes longueurs.

Est-ce normal d'aimer quelqu'un et se dire que sa présence serait une contrainte ? L'amour s'accorde mal de ce qui serait normal et, de toute façon, je peine à savoir ce que c'est que d'aimer.

Aimer. Amour. Est-ce véritablement la même chose ? Le verbe est moins lourd de sens que le substantif ; il peut s'utiliser avec tant d'objets. J'aime le chocolat. J'aurais plus de mal à utiliser la formule québécoise *Je suis en amour* avec le chocolat.

Et Fortunée, est-ce que je l'aime ? Toujours la même question ; toujours aussi idiote. J'ai le pressentiment que si j'accepte mon envie d'aller seule à la piscine sans remettre en cause mon amour alors, oui, je pourrai dire que je l'aime. Je ne l'accepte pas, pas encore. Peut-être un jour ?

Qu'est-ce que je crains d'aller seule à la piscine à part le jugement divin sur l'amoralité sous-jacente de considérer l'autre comme une contrainte ? De m'éloigner de Leïla et ainsi la perdre ? Cela y ressemble.

La relation d'amour obéirait-elle au structuralisme de Piaget et à la nécessaire construction de la *Permanence de l'objet* chère au *sous-stade 4* du *Stade sensori-moteur* ? Avec Nancy, nous n'avons pas atteint les douze mois qui correspondent au moment attendu de cette construction ; cela me donne un espoir, celui que ma souffrance à son absence diminue.

J'enfile mon maillot. L'amour ne se confond pas avec l'attachement, ni avec le désir, ni avec la passion ; c'est ainsi qu'il peut s'accorder de la disparition passagère de l'*Objet*. Je mets mes affaires dans mon sac. J'embrasse Samantha.

— Je reviens dans deux heures.

— Nage bien !

C'est aussi simple que cela.

*

Je sors l'escabeau du placard. Je l'installe sous le lustre du salon. Je monte et dévisse l'ampoule grillée. Milka sort la neuve — une basse consommation — de sa boîte. Elle me la tend. Je lui donne l'autre. Elle la prend.

— Dans le recyclage ?

— Non, pas les ampoules.

Je range l'escabeau. J'actionne l'interrupteur. Tout va bien : la lumière est.

*

Je retourne à la piscine, abandonnant une fois encore Florie à ses occupations, en l'espèce la répétition d'un motet que je vais finir par avoir en horreur. Le bruit sourd de la rue m'apaise. Le jugement divin sur ce nouvel abandon sur fond de chant d'église relance mon introspection.

Ma culpabilité est rapide, surtout quand je renonce à la présence de Tiare pour m'adonner à une activité dont elle est exclue. J'ai toujours aussi peur de la perdre, que la distance ne m'éloigne d'elle ou qu'elle ne l'éloigne de moi. Ce n'est pas la même chose. Cela revient néanmoins à dire que j'ai peur.

Mais de quoi, bon Dieu, ai-je si peur ?

Je chasse l'intrus et cherche dans mon histoire ce qui a bien pu me conditionner à craindre ainsi l'amour autant que sa perte. Ma maman, mon papa m'ont aimée très fort ; je n'ai pas subi de traumatisme particulier, au moins dans mon souvenir, et il n'est pas question que je m'offre dix ans de thérapie pour faire resurgir l'indicible.

Tout le monde n'a-t-il pas peur de l'amour ? Il paraît que non. Je veux bien le croire mais, au fond de moi, j'en doute. Peur de le vivre. Peur de le perdre. Quel est le point commun ? À le vivre, on peut souffrir si l'on n'en obtient pas la satisfaction attendue. J'ai connu ça, dans la passion ; je ne veux pas y revenir ; je ne veux plus de cette sujétion qui détruit l'être au nom d'un désir jamais atteint. À le perdre, on souffre sans condition, on souffre de ne pas être aimé ; on souffre de ne pas aimer soi-même.

Est-il possible de sortir l'amour de la souffrance ? J'y aspire, bien sûr ; mais avec quelle conviction ? J'ai envie d'aimer Hillary, que nous soyons heureuses. Il n'y a pas de raison que cela ne fonctionne pas. Elle est tout à fait à mon goût. Ce que l'on partage m'agrée. Sa seule présence me fait du bien et son absence me donne envie de la revoir au plus vite.

Je ne veux donc pas en aimer une autre, encore moins ne plus l'aimer, elle, Laurence. Si cela arrivait, je serais démunie de l'envie, morte en somme, vide, plutôt. Je ne suis personne si je n'aime pas. C'est sans doute de cela dont j'ai peur, ne plus exister, pas mourir, mais perdre mon identité comme je l'ai perdue dans l'aliénation amoureuse.

Tout n'est que paradoxe. Comment fait-on pour sortir du labyrinthe ? Je saisis mon portable et envoie un texto à Ariane. J'ai besoin de lui dire que je suis là. Qu'importe sa réponse ! C'est de moi-même dont je me rassure.

J'enferme mes affaires dans le casier. Je jette un dernier coup d'œil à mon téléphone. Elle n'a pas répondu. Je me lave en vitesse. Je me dirige vers le pédiluve. Je pose mon sac et retire mes claquettes en plastique. Je descends dans l'eau par l'échelle de coupée. Je crache dans mes lunettes. Je les rince. J'ai un peu froid. Je prends mon courage à deux mains. Je m'immerge. Je tends les bras. J'engage un lent mouvement de brasse.

Un deux ; je laisse glisser.

Un deux ; je laisse glisser.

Un deux ; je laisse glisser et décide que je nagerai quatre séries de dix longueurs, deux de brasse, deux de crawl.

Un deux ; je laisse glisser. Je ne suis pas pressée. Jamila ne m'attend pas.

*

Je lis mon horoscope du jour.

> *« Vous pourriez peut-être essayer de sortir de votre vision hollywoodienne des histoires d'amour. Revenez sur terre ! La vie c'est bien mieux que le cinéma même si ce dernier vous fait rêver. Chaque relation amoureuse a ses points forts et ses points faibles. Personne n'est parfait. Acceptez de faire quelques concessions sur vos idéaux de jeune fille ou vous risquez d'être très malheureuse... Il est temps de grandir ! »*

Les imbéciles ! Je mets le mail à la poubelle. Je me ravise et le fais suivre à Paquita, avec ce seul commentaire en plus des baisers d'usage :

> *« Tu crois que je dois grandir ? »*

Sa réponse ne se fait pas attendre.

> *« Surtout pas, ce d'autant que je suis parfaite ! »*

Que j'aime sa manière de me faire rire. Je l'ai déjà dit. Je me répète. C'est le risque quand on essaie de décrypter les sentiments qui nous lient à quelqu'un. Certaines évidences un instant trouvent leur contradiction dans la minute qui suit. Quant au bonheur, il est si bon d'en provoquer la répétition ! Celui de tous les jours ne s'y construit-il d'ailleurs pas ? Il se porte donc bien en faux de la passion…

Ça suffit ! Je n'y reviens pas. J'ai un travail à terminer. Je dois m'y mettre. Je réponds en vitesse à Julie. Je ne lui écris pas que je l'aime. Je crois ne jamais lui avoir dit par écrit. Cela changerait-il quelque chose par rapport à l'oral ? L'écrit engage, il reste ; l'oral peut plus facilement se démentir. Je n'ai pas envie de démentir mon amour d'Ella. Je me promets de le lui écrire bientôt.

Je me concentre sur mon travail. Quand mon corps réclame une pause, deux heures sont passées. Je lance l'impression de mon document. Je relève mes mails. Je n'en ai pas de nouveaux. Je vais me servir un café. Je le sirote en jetant un œil au produit de mon travail. Le résultat me convient. Je fais quelques corrections et l'envoie à son destinataire.

Mon café est terminé. Je relève mes mails. Mon ordinateur émet le bip qui indique qu'un courrier est arrivé. Je me précipite. C'est un spam. Je le signale comme tel à mon mailer.

Je retourne me servir un café que je bois, cette fois, en regardant par la fenêtre. Il n'y a rien de spécial à voir. Je laisse mon esprit divaguer. Il ne produit aucune pensée. C'est agréable, parfois. Je repose ma tasse. Je retourne près de la fenêtre. Un camion-poubelle entre dans le champ. Les petits hommes verts s'agitent. Ils sont d'une efficacité remarquable. J'admire. J'en prends de la graine et retourne à mon bureau. Je traite quelques lettres en retard et rappelle les trois personnes qui m'ont laissé des messages.

Je relève mes mails à intervalles réguliers. J'attends un signe d'Eunice. Le temps qui passe accroît mon impatience. J'ai un rendez-vous à l'extérieur en début d'après-midi. Je serais frustrée de ne pas avoir de ses nouvelles d'ici-là. Je pourrais lui en demander ou lui donner des miennes. Je ne le fais pas. Je dois aussi apprendre à être frustrée. C'est indispensable si je ne veux pas souffrir.

Je ne veux pas souffrir.

Je relève encore une fois mes mails. Je décide que ce sera la dernière. Je suis incapable de m'y tenir. Je recommence. Je regarde sur l'écran de mon téléphone portable si je n'ai pas raté un texto. Ce n'est pas le cas. J'hésite à en envoyer un. Que pourrais-je lui écrire ? « *Je pense à toi, fort* », serait pas mal. Je repose mon téléphone et relève encore mes mails.

Mon impatience vire à l'obsession. Je me cale au fond de ma chaise. Je respire par le ventre. Je rêve d'une cigarette. Je bois une gorgée d'eau au goulot de la bouteille posée à mes pieds. Je m'étire. L'horloge a à peine tourné. Le temps est trop long. Je me lève d'un bond, récupère ma veste à la patère, vérifie le contenu de ma sacoche et fonce.

Dehors, je n'ai pas de connexion à Internet. Je me détends. Je remarque que j'ai oublié mon téléphone. Je ferai sans ; je travaille ma dépendance à Ludmilla. Je m'arrête à la brasserie du coin manger un sandwich au comptoir. Je bavarde avec la patronne ; elle a des soucis avec son homme ; elle a envie de le quitter. Elle hésite, à cause du commerce.

Je ne me mouille pas. Je lui conseille d'écouter son cœur. Elle me remercie et me sert un café. Je le bois d'un trait. L'heure de mon rendez-vous approche. Je décide d'y aller à pied. Je paie mon addition. Je salue tout le monde. L'agitation de la ville m'emporte.

Je me surprends à ne pas avoir pensé à Marie-Thérèse depuis que j'ai quitté mon bureau. Je suis fière de moi. C'est un comble : être fière de ne pas penser à celle que j'aime. Mon horoscope me disait bien de sortir d'une vision enfantine de l'amour, vision totalitaire s'il en est.

Mon rendez-vous me ramène à un peu de matérialité. Mon client n'est pas emballé par ma proposition. J'argumente. Le convaincre est difficile. L'enjeu n'est pas important mais j'y mets un point d'honneur. C'est un jeu. Je perds. Peu me chaut. Je n'ai rien à regretter. Je hèle un taxi. Je n'ai pas envie de marcher. Je rejoins mon bureau.

Je relève mes mails avant même d'enlever ma veste. Ness m'a écrit. Je jubile. Je pose une fesse sur ma chaise et lis.

« À peine le temps de déjeuner et la machine à café est en panne. Misère !

« Bonne aprème et à ce soir.

« Baisers. »

C'est court. Je m'en fiche. Latifa a pensé à moi. Je lui réponds aussitôt. Je veux qu'elle sache que je pense à elle.

« Bonne aprème à toi aussi !

« À ce soir pour encore plus de baisers. »

Je me remets au travail. Je suis pleine d'entrain. Je quitte mon bureau à 18 heures tapantes. Je me presse. Amalia doit me retrouver chez moi. Je ne veux pas la faire attendre.

Je l'aperçois à l'autre extrémité du trottoir. On se rejoint devant la porte de l'immeuble. Notre baiser est furtif. Il l'est beaucoup moins une fois que nous avons rejoint l'intérieur de mon appartement. Il s'arrête assez vite. Le récit de nos journées respectives est le plus fort. Paola en a une bonne à me raconter : un de ses collègues a tenté de l'embrasser. Cela la fait rire. Moi pas.

— Et tu l'as laissé faire !?

— Tu me prends pour qui ?

— Ce n'est pas ce que je voulais dire, je…

Et hop ! une soirée de gâchée sur une phrase malheureuse. J'en rage. C'est inutile. Adélaïde est plus intelligente que cela.

— Une copine m'avait mise en garde mais je ne voulais pas la croire. Il a l'air si nigaud ! Comment imaginer qu'il allait me coincer derrière une porte ?

— Il faut se méfier de l'eau qui dort.

— C'est ce que l'on dit. N'empêche ! Un cadre supérieur en costume trois pièces qui se transforme en agresseur sexuel, c'est inattendu.

J'ouvre la bouche pour protester. Elle m'arrête d'un geste.

— Je sais ce que tu vas dire ; que les violeurs ne sont pas forcément des mauvais garçons à l'allure interlope.

— On est d'accord. Tu portes plainte ?

— Pour une tentative de baiser ?

— C'est du harcèlement sexuel.

— C'est compliqué.

— Tu peux au moins en parler à ta hiérarchie.

— Avec le foin que j'ai fait, tout le bureau est au courant. Je ne suis pas sûre d'ailleurs qu'il osera y remettre les pieds.

— Il t'a présenté ses excuses ?

— Par mail.

— C'est déjà ça.

Mes répliques sont sèches. Je me sens plus en colère que nécessaire. Est-ce parce qu'un malotru a tenté d'abuser de mon aimée ? Ce doit être cela. Je me rends compte aussi que je lui en veux un peu. De quoi ? De s'être mise dans cette position-là. C'est inacceptable ! Tout à fait.

J'ai envie de me gifler. Je n'en fais rien. Je ne veux pas que Bridget soupçonne mes pensées ignominieuses. Elle aurait légitimité à me quitter sur-le-champ. Elle m'attire contre elle. Son baiser a le goût d'une paire de moustaches. Je ravale ma bêtise.

Le baiser retrouve le goût que je lui connais quand Elsa vient de boire un verre de lait. Elle suggère que nous allions au cinéma. Je n'ai pas trop envie. Je le lui dis. Elle me demande ce que je propose. Rien. Juste, rester là, assises sur le canapé, à s'embrasser et à se raconter la vie.

Marie-Emmanuelle me prévient que cela va dégénérer. Ce n'est pas pour me déplaire. Je crois même que j'ai besoin de la bousculer à mon tour, reprendre mes droits sur sa chair.

Cette idée me donne la nausée. Elle attise en même temps mon désir. Je laisse mes bas instincts de propriétaire s'exprimer. Élyette m'encourage d'une fausse passivité. L'étreinte s'achève comme elle a commencé : dans un long baiser à goût de lait. Gabrielle se pelotonne contre moi.

— Quel bonheur que ce soit toi !

Qu'est-ce que je dois entendre ? Je n'ai pas envie de saisir l'allusion au malotru. J'ai eu ma dose de médiocrité.

— Et toi donc !

L'étreinte se renouvelle, plus lente. L'heure tourne. La nuit nous emporte.

*

C'est samedi. Ludivine a pris rendez-vous chez le coiffeur. Je l'accompagne jusqu'à la porte de la boutique et poursuis mon chemin en direction de la supérette. Il y a un monde fou. Je ressors, achète un journal qui m'aidera à patienter à la caisse, reviens, remplis mon panier et prends mon tour dans la file d'attente.

Cela avance plus vite que prévu. Je rentre à la maison mettre mes emplettes au frais. Marie-Cécile arrive cinq minutes après moi.

— Cela te plaît ?

— Tu es magnifique !

— Vraiment ?

— Oui. C'est très joli les pointes, là, et la manière de te coiffer.

— Je n'arriverai jamais à faire pareil.

— Je t'aiderai.

— Tu sais faire coiffeuse aussi ?

— Pourquoi pas ?

La journée s'annonce belle. Je me sens heureuse. Stella a l'air de l'être aussi. À quoi je le vois ? Je l'ignore. Je le sens. Elle suggère une promenade en boucle de chez moi à chez moi avec le maximum d'espaces verts. Je sors un plan de Paris. Nous prenons plaisir à établir un parcours. Je note au fur et à mesure sur un papier les voies que nous allons suivre.

Nous décidons d'emporter le plan. Nous quittons l'appartement, sac au dos. Il ne contient pas grand-chose, de quoi boire et deux petites laines. Une voisine m'arrête. Nous papotons trois minutes. C'est parti !

Nous marchons côte à côte. Quand le trottoir se rétrécit, on se met en file indienne. Puis nous reprenons notre position. Nous nous frôlons parfois, du coude ou de l'avant-bras. Quand l'une s'efface pour laisser passer quelqu'un qui nous croise, l'autre ralentit imperceptiblement. Et notre marche reprend.

Lola tire le portillon d'un square. La surprise, à chaque fois, est de savoir si nous trouverons une sortie à l'autre bout, là où notre parcours le voudrait. Le plan s'avère inutile. Mes notes suffisent à nous guider. Notre pause déjeuner se réduit au minimum. Nous sirotons ensuite un café à emporter, les fesses posées sur la margelle d'une fontaine. Un peu d'eau nous éclabousse. Cela fait du bien. Le soleil cogne.

Nous repartons. Je vise l'ombre. Altair me suit. Je récupère un bonbon dans ma poche. Je lui en propose un. Elle décline. Notre conversation démarre là où elle ne s'est pas interrompue : elle fonctionne par intermittence sans que l'on ne puisse dire qu'elle s'arrête véritablement. Nos silences en sont part entière. Nos digressions, hors sujets et autres parenthèses en donnent la vivacité.

On pourrait se la représenter comme une courbe, en 3D : le ton monte et descend au rythme de nos emballements ; ils partent de travers et naviguent à l'horizontale quand nous dévions de l'objet premier. J'essaie de la visualiser. Notre conversation pourrait ressembler au Massif central. Elle serait aussi verdoyante et arrondie, parfois aride, là où la roche volcanique émerge encore.

Pour l'heure, nous sommes dans un vallon après une belle grimpette suivie d'une descente en pente douce. Nous savourons le paysage, préparant notre souffle à la prochaine tirade ascendante. Peut-être contournerons-nous le relief pour suivre plus longtemps les méandres d'un silence entrecoupé de phrases sans suite ?

Je ne peux le dire. Aucune de nous deux ne semble maîtresse de ce parcours-là. Notre échange verbal échappe à notre décision. Il paraît guidé par le seul besoin de se dire notre présence, d'exprimer nos sentiments par nouveaux sujets interposés.

— Regarde, là ! au dernier étage, la fenêtre de gauche : ils ont de très jolis rideaux.

On se moque de ces rideaux. Je m'y intéresse pourtant et regarde l'endroit que Claudette m'a désigné.

— Tu as raison ; ils sont jolis.

C'est étrange, tout de même, cet intérêt subit et commun pour une simple paire de rideaux. Non ? Non. Cela me paraît à l'instant aller de soi : notre relation dit que nous devons les regarder ensemble. C'est dérisoire. C'est essentiel. Tout dépend de quel point de vue l'on se place.

La dame que nous croisons regarde à son tour en l'air. Que voit-elle ? Nous quittons la rue et traversons un vaste square. J'y déniche les nouvelles toilettes gratuites que notre bon maire a fait installer. Je le remercie en pensées. Barbara m'y succède. Un clochard arrive. Il tambourine à la porte. Je m'oppose au monsieur. Nadège a bien le droit de faire pipi ! Il me rétorque que ce sont ses toilettes, que pour les bourgeoises comme nous, il y a les cafés.

Cela faisait longtemps que je ne m'étais pas fait traiter de bourgeoise. Je ne réponds pas. Ce serait inutile. Hannelore sort vite fait. Elle a eu peur. Je lui attrape la main. Le clochard a déjà pris sa place. Nous filons.

Cela nous gratte les fesses à l'idée que nous avons utilisé les toilettes de cet homme. Nous luttons contre nos préjugés. Cela gratte quand même. Nous accélérons le pas comme si nous éloigner davantage donnait aux puces qui nous habitent désormais l'idée de courir rejoindre leur corps d'origine.

Nous pouffons comme des gosses. Cela me gratte la tête à présent. Avait-il également des poux ? Ce n'est pas drôle. Mon téléphone portable vibre du fond de la poche de mon blouson. Je le laisse faire. Cela ne m'intéresse pas de savoir qui m'appelle puisque Sylvaine est avec moi. Il vibre de nouveau. Mon correspondant m'a laissé un message. Je l'écouterai plus tard.

Je commence à avoir les mollets qui fatiguent. Nous ne sommes plus très loin de notre point de départ. Morgane me caresse furtivement la nuque. J'adore. Je souris. Je m'appuie sur son bras. Elle promet un massage en bonne et due forme. J'y gagne un sursaut d'énergie. Nous achetons une baguette au passage.

La baignoire met un temps infini à se remplir. J'y plonge enfin. Je ressors flétrie, un quart d'heure plus tard. Guillemette retend ma peau de ses mains savantes. Je grogne. Je m'en délecte. Je l'attire contre moi. Nous dînons tard. Nous nous couchons encore plus tard.

Un imbécile et son Klaxon me réveillent aux aurores. Aude ne semble pas les avoir entendus. J'ai un peu froid. Je me cale contre elle. Je réfléchis à ce que nous allons faire ce dimanche. Ce que j'ignore, c'est que Marie-Jeanne déjeune en famille. Elle est désolée : elle était persuadée de me l'avoir dit. Ce n'est pas grave ; je vais en profiter pour traîner à la maison ; lessive, ménage, rangement, lecture de magazines. Ça c'est un dimanche ! Je dois en profiter.

Je commence par la salle de bains. Je récure. Je me sens triste. Je n'en suis pas contente. Ce n'est pas si grave que Sibylle ne soit pas là. Non, cela ne l'est pas ; c'est juste que ce n'était pas prévu, que j'avais imaginé que nous passerions tout ce week-end ensemble. Le sentiment de bien-être est si fragile.

Je cherche dans l'eau de Javel le souvenir de sa présence. Il ne suffit pas à combler le manque. La serpillière en main, je suis certaine que Maryse ne me l'avait pas dit. Le vrombissement de l'aspirateur me conforte dans cette idée. Le chiffon antistatique, lui, est d'un naturel plus optimiste. Il avale les moutons et me fait remarquer que le temps passe vite, que c'est un accès de possessivité qui me gâche l'humeur. Je regrette de ne pas avoir de plumeau : je suis sûre que ce vil sentiment n'y aurait pas résisté.

Je finis par rire de mes facéties ménagères. C'est bon signe. Je récupère l'aspirateur abandonné dans le couloir. Je m'attelle à la chambre. Le téléphone sonne dans le salon. Je ne l'entends pas. Jade laisse un message. Je ne le découvre qu'une heure et demie plus tard.

Elle est toute dépitée quand je la rappelle. Elle a craint que je n'aie disparu. On ne disparaît pas comme ça ! Bien sûr que si ; il suffit d'une simple boîte d'allumettes. J'ai arrêté de fumer. Le malaise se dissipe. Je lui promets d'être là en moins de deux, laisse mon ménage en plan et rejoins d'un pas rapide le métro.

Arrivée à mi-chemin, je lui envoie un texto pour lui proposer de me retrouver à mon terminus. Elle me répond dans la foulée qu'elle est déjà en route. Je plie mon journal. J'ai envie de penser à nous, à elle, d'ouvrir mon esprit à ce moment forcément délicieux que nous allons vivre. Narcisse est assise en haut des marches. Elle se lève à mon arrivée. Elle me tend ses lèvres. Je les dévore.

— C'était bien ton déjeuner ?

— J'ai trop mangé mais c'était sympa. On va par là ?

C'est à l'opposé de son domicile où nous avons décidé de dormir ce soir. Il est encore tôt. Nous avons bien le temps de marcher une heure ou deux. Ma faim abrège notre tour. Je me rends compte que j'ai oublié de manger à midi. Benazir s'en étonne.

— J'étais dans mon ménage.

— Cela doit briller de partout alors ?

— Tu n'en reviendras pas.

Manon met le gratin à réchauffer au micro-ondes. Elle me regarde manger puis prépare un café pour arroser le gâteau au chocolat qu'elle a ramené de chez ses parents. Je lui offre la moitié de ma part. Elle n'y résiste pas. Le gâteau est vite englouti. Larissa prend un air désolé.

— Je n'arrive pas à leur dire que je t'aime. Je... N'en tire aucune conclusion ; c'est entre eux et moi que c'est difficile.

— Tu n'es pas obligée de le leur dire, même pas pour que la part de gâteau soit plus grosse.

Je me suis levée. Priscilla écarte sa chaise de la table. Je m'assois sur ses genoux. Je passe mes bras autour de son cou. Je lis de la tristesse dans ses yeux. Je l'interroge. Elle ne veut pas en parler, pas maintenant. Je n'insiste pas. Elle pleure. J'en suis triste à mon tour.

Je la berce et cherche à lui transmettre toute la tendresse dont je suis capable. Elle me propose que nous allions nous coucher. Nous rangeons en vitesse la cuisine. Nous bâclons nos ablutions. Le lit nous accueille. Nous nous cajolons dans le mitan. Edmonde s'endort la première. J'en suis contente ; je n'aurais pas voulu la laisser seule avec sa tristesse. Je m'endors à mon tour. Le week-end est fini.

Lundi passe. Notre soirée est tendre.

Le mardi, nous ne nous voyons pas. Lucette a chorale. Je m'offre une soirée télé. Je ne suis pas triste. Zoubida ne me manque pas. Je m'ennuie pourtant, non parce que je n'ai rien à faire mais parce que je ne trouve aucun plaisir à ces activités. Je sens que la soirée va être longue jusqu'à ce qu'il soit l'heure que j'aille me coucher.

Avant que je ne rencontre Salma, beaucoup de mes soirées étaient de la sorte, ennui en moins. Dois-je en conclure que c'est son absence qui vide de leur intérêt mes activités habituelles ? Cela ne serait pas illogique.

J'en prends ombrage. Je refuse cette sorte de dépendance. Je veux être capable d'être heureuse, seule devant un téléfilm sentimental en trempant ma cuiller dans une soupe en sachet réhydratée à l'eau chaude. Je ne dois pas y compter : je ne mange jamais ce genre de soupe.

Je ris. Je m'installe dans le canapé. Je choisis le journal de la Une. Je me concentre sur les nouvelles. Le téléphone sonne en plein bulletin météo. Qui cela peut-il être ? Je coupe le son. C'est Eudora, bien sûr. Qui cela aurait-il pu être d'autre ? Son professeur de chant est malade. Elle me propose de me rejoindre. Zut ! Comment ça, « Zut ! » ? N'ai-je pas envie de la voir ? Bien sûr que si !

Je lui réponds que je l'attends. On s'embrasse par combinés interposés. On raccroche. Je mets un peu d'ordre à l'appartement. Je lance une infusion. Salomé sonne à l'Interphone. Je lui ouvre. Elle me rejoint. On s'enlace. Je suis si heureuse qu'elle soit là ! Elle me dit avoir un aveu à me faire. Cela m'inquiète. Philippine plante ses yeux dans les miens.

— Je… Je ne suis pas très fière de moi. Je t'ai menti.

Mon inquiétude se transforme en angoisse. Mon côlon se tord. Mon cœur bat un peu plus vite.

— C'est moi qui ai renoncé à la chorale. Tu me manquais…

Je suis touchée. Mon côlon se détord. Mon cœur descend d'un cran.

— Tu m'en veux ?

— De quoi ?

— De t'avoir menti et de débarquer, comme ça, alors que le mardi, on ne se voit jamais.

— Chaque règle à ses exceptions.

Ma phrase manque d'enthousiasme. Marie-Léonie m'en fait la remarque. Je ne sais quoi lui répondre. Je l'entraîne vers le canapé, lui propose à boire, vais chercher le pot de tisane et deux tasses puis m'assois près d'elle.

— Cela me plaît de te manquer…

— Mais ?

— Je ne sais pas si c'est bon de se voir tout le temps.

— Si l'on en a envie ?

— Est-ce une raison suffisante ?

— Pourquoi pas ?

Je bois une gorgée de tisane. Soumalia m'imite. Elle repose sa tasse et m'attire contre elle.

— De quoi as-tu peur ? Que notre capital d'amour ne s'épuise si on le consomme sans modération ?

— Quelque chose comme cela.

— Et si c'était l'inverse ? Si justement l'amour avait besoin de beaucoup de présence pour se bonifier, se renouveler et se reproduire de lui-même chaque jour ?

— Comme un surgénérateur ?

— Si tu veux.

— Ce serait trop beau.

— Pourquoi tu n'y crois pas ?

— À quoi ?

— En l'amour ? En nous ?

— Bien sûr que j'y crois ! C'est juste que...

— Que ?

— J'ai toujours peur que cela ne s'arrête.

Ses bras appuient leur étreinte.

— Et si tu essayais justement de ne pas avoir peur ?

Cela me rappelle quelque chose. Je tends la main vers ma tasse. Bérénice l'attrape et me la donne. Je bois. Elle la repose. Elle attend ma réponse. Je suis hésitante.

— Tu veux un carré de chocolat ?

— Je préfèrerais que tu me répondes.

La garce ! elle ne lâche jamais. Je lui souris. Lucienne me berce et glisse un baiser dans mon cou.

— Moi aussi, j'ai peur mais je n'ai pas envie que cette peur contraigne notre amour. J'ignore combien de temps cela va durer ; peut-être que demain je ne t'aimerai plus ou que tu ne m'aimeras plus ou que l'on s'aimera encore mais que la relation sera impossible. Je ne veux pas agir par anticipation d'un dénouement que je ne peux objectivement prévoir. Je veux dormir tous les soirs avec toi. Je veux vivre à cent pour cent et croire que l'amour, non seulement ne s'épuise pas, mais progresse à chaque instant vécu ensemble.

Je suis émue. Une larme perle au coin de mon œil gauche. Maëlle ne la voit pas. Je préfère. Un soupir trahit mon émotion. France penche la tête afin d'observer mon visage.

— Tu pleures ?

— Non, je suis tout émue de ce que tu dis. Moi aussi je voudrais ne pas avoir peur mais j'ignore comment faire.

— On peut essayer, ensemble. Tu aurais envie ?

— Oui. Je crois.

Marie-Noëlle ne relève pas mon manque de conviction. Je suis perdue. D'un côté, je voudrais que cette relation fasse toute sa place à l'amour ; de l'autre, j'ai envie de lui dire de partir tant au fond de moi je n'y crois pas.

Et pourquoi je n'y crois pas ? J'aimerais bien le savoir.

*

Je ne peux pas la perdre puisque mon amour d'elle est indépendant de sa personne. Foutaise !

*

Samira prend ma main. Je suis heureuse.

*

À quoi je ne crois pas ? En l'amour ou en la relation qui en découle ?

Il faudra que j'en discute avec Damienne. Un jour, peut-être. Pour l'heure, je serais ravie que la caissière trouve le moyen de changer son rouleau. Je suis en retard. Je vais au théâtre, ce soir, avec Marie-Laurencienne, bien sûr ; sinon, quel intérêt ?

*

Je trie le paquet de vêtements que j'ai posé en vrac hier soir sur la chaise dans la chambre. Je mets à part la culotte, les chaussettes et le tee-shirt. Je les porte dans la panière à linge sale. Elle est pleine. Je tasse. Je n'ai pas le temps de lancer une machine. J'ai rendez-vous dans une heure avec Eupraxie et je n'ai pas encore pris ma douche.

Je m'active. Je m'étrille. Je brille comme un sou neuf. Je ne lésine pas sur le lait corporel. J'enfile un peignoir. Je dois choisir ma tenue. Je veux que Gretchen me trouve infiniment désirable.

Je ne lui ai jamais demandé si elle aimait mes culottes en dentelle. Et si elle ne les aimait pas ? Me l'aurait-elle dit ? La chose n'est pas si aisée.

« Chérie, elles sont moches tes culottes ! Tu devrais en mettre d'autres. »

Clémentine me dirait ça, je crois que j'en serais vexée ; j'aurais l'impression qu'à ne pas aimer mes culottes, c'est moi qu'elle n'aimerait pas. C'est stupide. Il n'a jamais été prouvé que l'amour rendît intelligent. Je refuse l'idée qu'il abêtisse. Je dois m'y appliquer et renoncer, si nécessaire, à ce que Consuelo apprécie ma lingerie. Sacré travail ! Je suis fin prête. J'enfile mon blouson et je sors.

Je retrouve Ghislaine à l'endroit prévu. Nous sommes heureuses de nous revoir. Notre baiser en atteste. Je l'entraîne vers le Luxembourg. Nous prenons place sur deux chaises en métal froid, le Sénat en point de mire. Je cherche un mouchoir en papier dans ma poche.

— Tu ne m'as jamais dit si tu aimais mes culottes.

— Tes cul… ?

— Mes culottes.

Rosita prend une longue inspiration.

— Je les aime beaucoup. Tu en doutais ?

— Tu ne me l'as jamais dit.

— En effet. Et toi, tu aimes les miennes ?

— Je les adore.

— Pourquoi me les enlever alors ?

Nous rions. Sottise de péronnelles ? Non, c'est l'amour ; du moins, je l'espère.

*

Le bonheur. Que dire du bonheur ? Cela se vit ces choses-là ; cela ne se raconte pas. Ah ! bon ? Et pourquoi ? Parce que le bonheur d'autrui est insupportable à entendre, paraît-il, par essence très ennuyeux.

Tant pis. Je le tente. J'ai envie de narrer mon bonheur de Rébecca. De ou avec ? Je préfère de ; cela lui donne plus d'importance. À qui ? Au bonheur ou à Ophélie ? Trop facile.

*

Fantine pousse le Caddie le long des étalages. Je le remplis non sans lui demander son avis sur le choix de nos emplettes. Je m'empare d'un litre de lait. Nicole en suggère un deuxième. Le consensus est rapide ; un second litre rejoint le premier. Nous arrivons au bout de l'allée. Nous faisons demi-tour en jetant un œil aux promotions puis empruntons la suivante.

*

Je suis heureuse. Encore ? Oui. Nananère.

*

Quel jour sommes-nous ? Mercredi, je crois, sans en être complètement sûre ; je peine à prendre la mesure du temps. Je suis malade comme un chien. Je tousse. Je mouche. J'ai la tête qui va exploser. J'ai froid. J'ai chaud. Je transpire. Je grelotte. Je suis à peine capable de tendre le bras jusqu'à la boîte de mouchoirs en papier tombée au pied du lit. Je renifle.

Je me recroqueville contre la bouillotte emmaillotée dans une serviette éponge. Elle est tiède. Je la rêve chaude. Je n'arriverai jamais jusqu'à la cuisine. Je garde néanmoins la bouillotte contre mon ventre ; sa présence me fait du bien. Une quinte de toux me secoue de pied en cap. Vita entre dans la chambre. Elle s'assoit sur le bord du lit et pose sa main sur mon front.

— Je vais mettre une tasse de tisane à chauffer.

— Tu peux t'occuper de la bouillotte ?

— Bien sûr !

Je peine à la lui donner. Elle vient la chercher sous les draps. Elle caresse ma cuisse au passage. La chaleur de sa main me réconforte. Maria-Dolorès repose la boîte de mouchoirs sur la table de nuit, embrasse mon front et quitte la chambre. Je me mouche. Je tremble. Je ferme les yeux.

Quand je les rouvre, Bénédicte est là. Elle a remis la bouillotte dans le lit. Je ne me suis rendu compte de rien. Elle me dit que je dois boire. J'essaie de soulever la tête. Je n'y arrive pas. Elle m'aide. Elle porte la tasse à mes lèvres. Le liquide chaud me brûle la gorge. Je bois quand même. N'est-ce pas l'heure de mes médicaments ? Angèle regarde sa montre.

— Non, c'est trop tôt.

Je ne proteste pas. Je n'en ai pas la force. Elle me tend un thermomètre. Je le cale sous mon aisselle. Nous patientons. Elle récupère le thermomètre.

— 39,5°. Tu dois boire encore un peu.

Je bois, une gorgée à peine. Irshad veut que je boive une gorgée de plus. Elle me demande si j'ai faim. Ma moue suffit à lui répondre. Elle va néanmoins préparer une soupe. Je ne peux pas lutter contre la maladie le ventre vide.

Je ferme les yeux. Je sombre. Je ne l'entends pas partir. Je ne l'entends pas revenir. C'est sa main sur ma joue qui me réveille.

— C'est l'heure de tes médicaments. Il faut faire baisser ta température.

Cléopâtre a dilué l'Aspirine dans un demi-verre d'eau. J'avale. Elle m'invite à m'asseoir dans le lit. J'ai la tête qui tourne. Elle remarque que mon tee-shirt est trempé. Elle récupère les oreillers éparpillés, tire celui écrasé dans mon dos, le remplace par deux oreillers qu'elle regonfle de quelques claques, m'installe toujours assise et s'en va chercher un tee-shirt et une taie. Elle change la taie.

Je retire doucement mon vêtement. Un frisson me secoue. Maïté passe ma tête dans l'encolure du tee-shirt propre et sec. Le plus difficile, ce sont les bras. Raïssa éponge mon front. Elle récupère un bol de soupe que je n'avais pas vu. Elle avance une première cuiller. J'ouvre la bouche, docile. Je déglutis. Une deuxième cuiller déjà s'avance. Depuis combien de temps ne m'a-t-on pas ainsi donné la becquée ? Je l'ignore. La troisième cuiller rencontre une bouche fermée.

— Allez ! Tu dois au moins en manger cinq.

J'ouvre la bouche. La cuiller s'y engouffre. Une goutte de soupe coule sur ma lèvre inférieure. La cuiller la recueille. Elle retourne vers le bol. J'ai l'impression d'avoir 3 ans. Ce n'est pas désagréable. Quoi que. Je ne tranche pas. Je suis rassasiée. La cuiller insiste.

— Elle n'est pas bonne, ma soupe ?

C'était à prévoir ! J'ai l'appétit définitivement coupé. Amédée ramène la cuiller dans le bol.

— Excuse-moi, je plaisantais. Si tu n'as plus faim, on réessaie tout à l'heure.

Je marmonne que je veux manger encore. J'ajoute que la soupe est très bonne, bien qu'un peu salée.

— C'est parce que tu transpires beaucoup ; tu dois te recharger en sels minéraux.

— Ah !

La cuiller en profite pour faire une nouvelle percée. Je commence à fatiguer. Loleth s'en rend compte. Elle me propose de la compote de pommes. À sa mine, je comprends que c'est elle qui l'a préparée. J'ai envie de lui faire plaisir. Je mange trois cuillers à café de compote accompagnées d'un biscuit sablé puis réclame une pause. Je m'allonge. Lou remballe le plateau. Je sombre.

Quand j'émerge, Marisol dort à mes côtés. J'ai soif. J'ai envie de faire pipi. Je ne veux pas la réveiller. Elle a mérité une bonne nuit. Je trouve une tasse de tisane froide sur la table de chevet. J'en bois le contenu à petites gorgées.

J'essaie de me lever. Je commence par sortir les pieds du lit et m'asseoir sur le bord. Je m'appuie sur mes poings. Je pousse mes jambes et mes bras vers le haut. Ho ! hisse ! Ça y est, je suis debout. Je fais une pause.

J'entends le souffle de Brooke. Cela me donne du courage. J'avance à pas hésitants. J'arrive jusqu'aux toilettes. Je prends mon temps ; je sens qu'il va être délicat de se relever et faire le chemin inverse. Un pas. Puis l'autre. Je vacille. Je me retiens au mur. Je vacille encore. Fiona m'accueille dans ses bras.

C'est gentil.

Elle me rétorque qu'elle m'aime et que j'aurais dû la réveiller. Elle me ramène jusqu'au lit. Je me recouche. Elle m'entoure de sa tendresse. J'ai envie de pleurer ; le trop d'amour, sans doute. Le « *trop d'amour* » ? Mais l'amour, il n'y en a jamais trop.

Je délire. C'est la fièvre. J'ouvre mon bras. Christine s'installe sur mon épaule. C'est mon tour de poser un baiser sur son front.

— Je suis désolée…

— De quoi ?

— D'être malade.

— Je ne pense pas que tu l'aies fait exprès.

— Ce n'est pas drôle quand même.

— Tu es sûre que tu veux avoir cette conversation, là, maintenant ?

Elle a raison. Je n'insiste pas. Je caresse ses cheveux. Mes doigts glissent entre les mèches. Marjane roucoule. C'est doux.

— Je t'aime.

Elle soulève la tête et pose ses lèvres sur les miennes. Le baiser est fiévreux. Je regrette d'avoir le corps si mou.

— J'ai envie de toi.

— Tu veux ?

— Je n'en suis pas capable.

— Que tu en aies envie me suffit.

Moi aussi. Espérance se recouche sur mon épaule. Sa main enserre mon autre bras. Son coude écrase mon plexus. Je ne dis rien. Je ne veux pas qu'elle bouge. Je veux éprouver le poids de son corps. Sa respiration berce la mienne. J'imagine que ses mains se faufilent sous mes vêtements. Mon désir s'accroît. Je tente une caresse. Mes doigts ne vont pas plus loin que sa hanche. Ils s'effondrent.

Je retrouve Souad dans mon rêve, plus désirable encore. Je crie. J'ouvre les yeux. Il fait jour. Des gouttes de sueur perlent à mon front. Je passe le bras au-delà du mitan. L'autre côté du lit est froid et vide. Je tends l'oreille. Je n'entends rien. Je tourne la tête vers la table de nuit. Un Post'it est collé sur la paroi de ma tasse.

« Bonjour !

« Je dois aller travailler. Je reviens à midi. Il y a du café dans le Thermos. Essaie de manger quelque chose. Je t'aime.

« Edwige. »

Qu'est-ce que c'est bon !

Je regarde l'heure ; celle du déjeuner n'est pas loin. Je bois le restant de tisane froide. Je monte le plateau sur le lit puis attrape le Thermos qui était posé à côté. Je me verse du café. J'installe le thermomètre au creux de mon aisselle. Un demi-verre d'eau me permet de prendre de l'Aspirine. Le thermomètre m'indique que je ne suis plus qu'à 38,2°.

J'en profite pour me lever. Je décide de me laver un peu. Je me déshabille. Je me sens encore faible sur mes jambes. J'oublie la douche et me débarbouille avec un gant. Je me remets au lit avec des habits propres. J'allume la radio. J'écoute les informations en sirotant mon café.

Il est délicieux. Je me ressers. J'ignore pourquoi mais le café d'Athènes est toujours meilleur que le mien. On utilise les mêmes ingrédients et, après vérification, il est avéré que l'on dose de manière identique. Dispose-t-elle d'un fluide particulier ? J'en suis certaine ; sinon, je n'éprouverais pas tant de bonheur à l'aimer.

Je me sens en joie. Je somnole, la radio toujours allumée. L'heure tourne. Je suis impatiente que Jess rentre. J'attends.

La voilà ! Je me redresse dans le lit. Elle est heureuse de me voir en meilleure forme. Je la remercie d'être venue. Je la prends pour qui ? D'accord. On rit. On s'enlace. Elle a réussi à reporter ses rendez-vous. Elle reste avec moi cet après-midi. J'applaudis à la bonne nouvelle. Pernette prépare le repas. Je picore, assise à la table de la cuisine. Elle met le restant au frais.

— Tu le mangeras ce soir, comme les gosses qui rechignent !

Je voudrais grandir. Je retourne me mettre au lit. Elle me suit. J'ai repris des forces. Je m'attaque à son pantalon. Je suis maladroite. Elle semble s'en moquer. J'arrive à mes fins. Je suis fière. Cela couvait depuis hier soir. Je m'effondre aussitôt après. Uranie reste près de moi, sans bouger. Elle me regarde. Je ne peux pas le savoir puisque je dors. Je le sais. Je le sens.

Je dors bien. Je tousse et mouche moins. La fièvre baisse. La fatigue est plus résistante. Elle me force à rester au lit. Kelly nous y sert le dîner sur deux plateaux. On se croirait à l'hôtel. Il manque une servante. Nous échafaudons le film d'un triolisme ancillaire. C'est cocasse. Nous en rions beaucoup avant qu'un lourd sommeil réparateur ne m'emporte.

À mon réveil, je trouve comme hier le lit vide, un plateau de petit-déjeuner, un mot et un Thermos de café. Tiphanie ne pourra pas rentrer avant ce soir. La journée s'annonce longue. Elle se révèle courte. Entre les appels et les textos de Marissa, une longue sieste, un bain et les deux DVD qu'elle m'avait ramenés hier soir, elle me trouve affalée dans le canapé sans que je n'aie fait la vaisselle.

J'en suis désolée. Elle refuse d'entendre mes excuses considérant qu'elles n'ont pas lieu d'être, mon état de malade me dispensant de tous travaux ménagers. Je proteste, en vain. Elle me sort de la cuisine. Je m'en vais ruminer mon dépit dans le salon. Elle m'y rejoint avec un verre de jus d'orange fraîchement pressé.

Je savoure mon apéritif. J'éternue. Je me mouche. Je fourre le mouchoir dans la manche de mon sweat-shirt. Elle déborde. Je vais la vider dans la poubelle de la salle de bains. Je reviens dans la cuisine. Marianne s'active devant les fourneaux. Je dresse le couvert. Elle sert la soupe. Je m'assois. Elle fait de même.

— Cela te dirait que l'on parte quelques jours pour notre anniversaire ?

— Notre anniversaire ?

— Nous nous sommes rencontrées il y a un an mercredi prochain.

— Ah !?

Ma surprise n'est pas feinte ; je ne pensais pas que cela fît si longtemps. Je sens que je l'ai blessée.

— Je suis désolée, Henriette. C'était maladroit. Tu sais, moi et les anniversaires… Et puis, si je n'ai pas conscience que le temps passe, c'est bon signe, non ?

— Si tu le dis.

Silvia plonge le nez dans sa soupe. Je ne réponds pas ; je n'ai pas envie de me justifier. Elle avale trois cuillers en silence. À la quatrième, elle saute sur ses pieds.

— J'ai oublié la crème fraîche ! Tu en veux ?

Elle n'attend pas ma réponse ; elle ouvre déjà le frigo. Je la laisse faire. Ce n'est pas mauvais, la crème, dans la soupe, surtout si cela évite à notre soirée de boire le bouillon. Je souris à ma plaisanterie. Rosalinde prend le sourire pour elle ; la blessure semble guérie. Je mélange soupe et crème.

— Et tu as envie d'aller où ?

— Un truc un peu cosy, genre Relais et château. On pourrait demander à un voyagiste gay ; cela nous éviterait les déconvenues.

— Cela me va. Je te laisse organiser ça ?

Elle acquiesce. Nous finissons notre soupe en silence. Je n'ai plus très faim pour la tomate farcie à suivre. Je la mange quand même. Je ne veux pas risquer un nouvel incident. Est-ce la maladie qui me fait craindre l'affrontement ? Je l'espère. Je n'ai pas envie de passer le restant de mes jours à manger des tomates farcies pour lui faire plaisir. Nous passons au dessert.

— Elle est vraiment délicieuse, ta compote.

Giovanna rougit.

— Tu m'en feras même si je ne suis pas malade ?

Iris promet. Elle se met à la vaisselle. J'essuie.

*

Nous avançons dans les ornières de part et d'autre du talus central, là où les roues des véhicules ont tassé la terre et fait ressurgir les cailloux. Nous portons sac au dos et bâton de marche en main ; la gauche pour Jennifer ; la droite pour moi. Quand l'une ou l'autre bascule après avoir mis le pied dans un nid-de-poule, nos épaules se cognent. Cela nous fait rire.

Nous sommes en vacances à la campagne. Nos promenades s'en ressentent, à la fois plus calmes et toujours aux aguets. Les chemins de terre n'ont rien à voir avec les trottoirs des villes. On les croirait plus tranquilles. Les rencontres y sont fréquentes. Les pièges y sont nombreux.

Depuis ce matin, nous avons croisé trois capucins, un mulot, quatre hérissons dont trois morts, un chat sauvage tapi dans les herbes, l'ombre d'un pivert, un corbeau, deux couples de pies, deux épouvantails, de trop rares rouges-gorges, des traces de sanglier et de chevreuil en lisière d'un hallier, un chien jaune, cinq troupeaux de vaches laitières, une bonne dizaine de promeneurs à pied et autant de travailleurs aux champs, une 4L hors d'âge, quatre tracteurs, trois vélos et six voitures de toutes marques.

Je ne compte pas les insectes parmi lesquels de nombreuses libellules et une guêpe que Flavie a dû tuer tant elle me faisait des avances. J'adore quand Josiane me défend, quand elle me protège des agressions du monde extérieur. Cela me rassure autant que cela me donne de la force, comme s'il m'était plus facile de croire en l'amour dès qu'il arbore une tenue de combat. Jusqu'où vont me mener mes chimères ?

Nous arrivons à hauteur d'un croisement. Nous déplions notre carte d'état-major. Nous nous y repérons facilement et concluons de notre observation qu'il nous faut prendre à droite. Dora range la carte. Elle saute par-dessus une fondrière et me tend la main. Je m'en saisis. Je saute à mon tour. Elle amortit mon atterrissage.

Je ne lâche pas la main. J'ai envie que ce soit elle qui me guide, m'emporte sur les chemins, m'ouvre le monde et me soutienne, que je ne sente pas la fatigue, que je n'aie pas peur d'aller plus loin.

Encore : « *Ne pas avoir peur* ». Cela vire à l'obsession alors que je milite d'ordinaire contre toute dérive sécuritaire. Pourquoi associer la peur et la sécurité ? « *Ne pas avoir peur* » signifie-t-il « *Se sentir en sécurité* » ?

Notre randonnée silencieuse me donne tout le loisir d'y réfléchir. Je dois poser les définitions. Je n'ai pas de dictionnaire sur moi. Je me concentre. La peur, qu'est-ce que c'est ? La conscience d'un danger, réel ou imaginaire. La définition me plaît quoiqu'elle me semble incomplète. Il est possible d'avoir peur sans raison avérée. Cela revient au « *danger imaginaire* ». Soit. Et la sécurité alors, qu'est-ce que c'est ? Considérer que l'on est à l'abri du danger ?

Conclusion ?

La peur aurait bien à voir avec un défaut réel ou imaginaire de sécurité. Cela me plaît à moitié.

Je trébuche sur une pierre pointue. La poigne de Gilberte m'empêche de tomber. Elle me met en sécurité. Je n'ai donc pas peur. Cela ne me dit pas l'âge du paysan qui laboure son champ. Je ris. Chan Juan m'interroge du regard. Je lui fais part des termes de ma dissertation.

— Pourquoi tu t'interroges ainsi sur la peur ?

— Parce que je cherche à valider une définition de l'amour.

— Qui serait ?

— *Aimer, c'est ne plus avoir peur*.

— C'est intéressant… Mais pourquoi chercher à définir l'amour ? Le vivre ne te suffit-il pas ?

— Je ne peux pas savoir que je le vis si je ne l'ai pas défini.

— Tu es trop rationaliste. L'amour, cela se sent ; c'est comme une pensée infuse. C'est un état qui, quand tu l'atteins, devient une évidence.

— Il s'agit de félicité, là, pas d'amour ?

Cinnamone récupère sa main. Elle en a besoin pour parler.

— Ce n'est pas ce que je veux dire. Tu es d'accord avec moi que l'amour est un sentiment ?

J'opine.

— Un sentiment, c'est de l'ordre du senti ; ce n'est pas le produit d'un raisonnement, ni d'un savoir. C'est un état psychique qui émerge à un moment ou à un autre au contact d'une personne particulière si l'on se limite à l'amour d'autrui car l'amour, au sens spirituel du terme... C'est en fait un peu la même chose.

— Limitons-nous à l'amour que l'on distinguerait en le qualifiant d'amoureux.

— Cela me va. Donc, cet amour-là : une personne particulière à un moment particulier génère chez toi un fort sentiment de bien-être, d'attachement, de désir, de... La liste pourrait être longue sans jamais être exhaustive. Eh bien, ce sentiment, il se sent ; il ne se pense pas.

— Sauf à considérer que, pour que le senti passe à la conscience, il ait besoin d'être défini, d'être nommé. Et dès que je cherche à définir l'amour, je bute sur la bonne question à poser. Se définit-il en « *Qu'est-ce que ?* », en « *Comment ?* » ou en « *Pourquoi ?* »

— C'est très compliqué.

— J'en conviens.

— Cela me semble mériter une pause.

Pauline me désigne de l'index l'orée d'un bois où des souches de chêne n'attendent que nos fesses. Nous les y posons non sans nous être au préalable défaites de nos sacs à dos. Je sors une gourde. Hui Ying boit une gorgée.

— Et de quoi as-tu peur ?

Ce n'était pas ma question.

— C'est un peu compliqué à dire. Rien de précis en fait : c'est plus une façon d'être et d'appréhender le monde, quelque chose qui pourrit un peu le plaisir.

— Et tu penses que l'amour serait de nature à dissoudre cette peur ?

— Oui, et pas parce que la présence de l'autre rassure. C'est plus profond que cela, plus intime. Aimer quelqu'un en particulier peut nous mettre dans un état d'esprit qui fait que, même en cas de danger, on n'a plus peur. Je ne suis peut-être pas très claire ?

— Bouhhh !

Je sursaute.

— Tu m'as fait peur !

— Et moi qui croyais que tu m'aimais.

Nous éclatons de rire. Le sujet est clos. J'en suis à la fois contente et dépitée. Je me demande pourquoi Yolande n'a pas souhaité poursuivre. Peut-être se pose-t-elle les mêmes questions que moi ? Peut-être qu'elle considère qu'elle n'a pas à me donner de réponse ? Cette conclusion me va. Jubilée n'a pas à me donner le sens de l'amour. Je dois me dépatouiller avec mes interrogations.

Nous remballons notre goûter puis reprenons notre route. Le soleil est moins haut dans le ciel. Je retire ma casquette. Domitille me la prend des mains. Elle se fige, pose un doigt sur ses lèvres pour m'ordonner le silence et me désigne une ombre dans le sous-bois. Je scrute. Le chevreuil disparaît dans un bruit de branchages. Le spectacle est terminé. Piper glisse ma casquette dans une poche de mon sac. Je la remercie.

— Pourquoi as-tu botté en touche ?

Je n'ai pas pu me retenir. Véronique me regarde par le travers.

— De quoi parles-tu ?

— De la peur et de l'amour.

Ses traits se durcissent.

— Parce que je n'ai pas de réponse.

Sa voix est restée douce. La mienne ne l'est pas moins.

— Et cela t'embête que l'on en discute ?

— Cela ne devrait pas mais… Je préfère vivre l'amour plutôt que le penser.

— On en revient à notre point de départ.

Cheyenne acquiesce. Elle attrape ma main.

— Je suis désolée ; je ne suis pas très douée pour ces conversations-là. Je ne nie pas qu'il faille parler de nos sentiments, surtout s'il y a un problème mais… Il y a un problème ?

Josette s'est arrêtée. Je plante mes pupilles dans les siennes. Je pèse mon regard. Je veux qu'il soit puissant.

— Aucun, Élodie. Vraiment aucun.

Elle sourit. Je tends les lèvres. Nous nous embrassons au beau milieu du chemin. Renate referme ensuite ses bras autour de mes épaules. Elle me serre fort contre elle.

— Tu vois, je… Je crois que si je n'aime pas parler des sentiments c'est parce que j'associe le fait de le faire à l'existence d'un problème. Et je n'ai pas envie que l'on ait un problème.

Je dégage ma tête.

— Cela pourrait arriver ; il ne faut pas le nier.

— Je ne le nie pas. J'en ai peur, c'est tout.

— Et si justement on parlait de ce que l'on éprouve avant que les problèmes ne se posent, ne crois-tu pas que cela permettrait de les éviter ?

— Je ne sais pas. Je crains que cela ne les provoque.

La peur est bien là, même si ce n'est pas la mienne. Je ne veux pas pour autant douter de l'amour de Lucile, pas maintenant. Je l'attire sur le bord du chemin. Nous nous asseyons face à face sur le haut du talus. Nous nous prenons les mains, comme pour garantir le lien, quoi qu'il arrive. Edmée a l'air inquiète. Je pose un baiser sur son front.

— Ce n'est pas en parler qui fait naître un problème ; au mieux, ou au pire, cela lui permet d'émerger donc de se donner une chance de le résoudre.

Rési arbore une mine qui exprime le doute. Je l'embrasse derechef.

— Regarde. Si je te parle de cette peur intrinsèque que j'ai et dont je cherche à me débarrasser à travers le sentiment d'amour, je ne crée pas la peur. Je lui permets juste de s'exprimer et espérer la vaincre.

— Sauf qu'en assignant à l'amour cette tâche, tu fais peser sur notre relation un poids important… qui me file la trouille.

— Notre relation n'est pas en cause ; c'est de mon sentiment dont il est question.

— Ce qui revient à dire que tu t'interroges sur ton sentiment à mon égard donc sur la capacité de notre relation à effacer ta peur, sous-entendu, si elle n'y arrive pas, c'est foutu.

— Surtout pas !

— C'est ainsi que je le ressens.

— Pourquoi avoir cherché à le cacher, alors ?

— Parce que cela crée un problème là où il n'y en avait pas.

— Je ne suis pas d'accord car en l'exprimant, tu me permets d'affiner mon propos et de le débarrasser de ce qu'il pourrait faire peser sur notre relation.

— Je veux bien que tu affines alors.

Je remarque une larme au coin de son œil droit. J'approche les lèvres. Je la gobe. Aure pose sa tête sur mon épaule. Je glisse mes doigts entre les mèches de ses cheveux. Je caresse sa nuque.

— Je t'aime, Dorimène, et je te promets qu'il n'y a aucun nuage à l'horizon. J'essaie juste de comprendre ce qu'est l'amour, ce qu'il dit, ce qu'il permet de vivre, parce que j'ai besoin de cela pour l'éprouver totalement. Comme toi, j'ai peur que tout ne s'arrête. Je crois que cette peur est fondée sur autre chose que la relation elle-même et la personne que l'on aime : elle vient du plus profond de nous, de notre culture aussi, peut-être. C'est une peur de perdre, je crois, perdre l'autre ou se perdre… Sans doute un peu des deux. J'ai la sensation que si j'intensifie mon sentiment amoureux, je peux le sortir de cette peur. C'est une sorte de purification, je ne sais comment dire.

— Comme si le sentiment et la peur se confondaient faute que nous soyons en mesure de dissocier les deux ?

— Oui ! c'est exactement ça. Merci.

Je prends sa tête et l'embrasse à pleine bouche.

— Imagine. L'amour agirait comme de la dopamine. Plus on aime, moins on a peur de perdre l'autre ou de s'y perdre.

— Plus ou mieux ?

— Mieux, à coup sûr.

— Cela ne revient-il pas à dire que l'amour transcende son objet ?

— En effet.

— Dans ce cas, n'est-ce pas le dépouiller de l'autre, de celui qui l'a déclenché ?

— D'une certaine manière, oui.

— N'est-ce pas l'instrumentaliser au nom d'un sentiment désincarné ?

— En toute logique, oui.

Benoîte a planté ses yeux dans les miens. Je pince les lèvres. Je n'avais pas poussé le raisonnement si loin. Je sors mon joker. Je ne renonce pas pour autant à poursuivre.

— C'est compliqué, hein ?

— Je peux ressortir mon argument de la primauté du vécu sur le penser ?

— Ce serait trop facile.

Nous rions. Myriam m'invite à me relever.

— Je crois que tu as raison d'interroger l'amour. Le hic, c'est que le raisonnement pur achoppe sur le ressenti. Il n'y perd rien de sa substance. Il y trouve simplement sa limite.

C'est incontournable.

Nous reprenons notre route, chacune dans une ornière. Le soleil est au couchant. Il nous reste deux kilomètres avant d'atteindre notre point d'arrivée. Nous y serons à vêpres. Je suis fourbue. Je rêve déjà de la douche très chaude qui me massera les trapèzes, de l'odeur du savon qui effacera celle de la sueur, du linge propre.

Je n'y suis pas encore. Je sais que j'ai raison sur ma définition de l'amour. C'est une intuition. J'en veux la preuve. Je trouverai ce qui m'échappe encore. Plus tard.

Mes pieds sont lourds. Sabrina n'a pas l'air plus guillerette que moi. Notre gîte est en vue. Notre hôtesse nous accueille avec une citronnelle maison. Elle nous montre notre chambre. La douche tient sa promesse. Les paumes d'Électre qui massent mon dos achèvent le travail. Je savoure. Je somnole. Je m'endors. Elle me réveille en me couvrant de baisers. Je lui propose de la masser à mon tour. L'heure est passée. Le dîner nous attend. Je m'excuse de m'être assoupie. Diane répond que ce n'est que partie remise. Je promets et enfile des vêtements propres.

*

Ingelore offre sa peau à la morsure du soleil. Elle est sobrement vêtue d'un Bikini, ficelles dénouées. L'huile de bronzage souligne les courbes de son corps. Je la trouve belle. Je n'en suis pas excitée. Cela me pose un problème. Je n'ose pas lui en parler ; je crains qu'elle ne croie que je ne l'aime plus.

Je ne suis pas assez avisée des rapports que doivent entretenir amour et désir pour argumenter. Je laisse faire. Ce n'est pas bon. Pas bon pour quoi ? Pour le désir, c'est certain. Et l'amour ? Justement, je n'en sais rien.

*

Je sors de sous la douche. Sanaa-Amal entre dans la salle de bains. Elle attrape une serviette et l'ouvre. Je m'y enroule. Son regard exsude la concupiscence. Je fonds.

*

Le téléphone sonne. Je sursaute. Je décroche. C'est Noëlle. J'en suis tout heureuse. Je crois même que j'en ai les joues qui rosissent. Je cale le combiné bien au creux de mon oreille. Je me réjouis de ses paroles, aussi anodines soient-elles.

— Je termine un courrier et je pars. Y a-t-il besoin que je ramène quelque chose.

— Tes fesses !

— Et quoi d'autre ?

Je lui ferais volontiers la liste de chaque partie de son corps. Je m'abstiens. Marcelle m'embrasse et raccroche. Je reste un long moment le combiné en main, espérant qu'il sonne de nouveau. Il reste muet. Je le repose.

Le silence me pèse. Je me lève et allume la radio. Je ne veux pas ressentir le manque. Je cherche ce qui pourrait le combler. Je fais le tour de l'appartement. Je croise la télévision, la pile de magazines, mon ordinateur, le roman entamé hier : rien ne me tente.

Une paire de chaussettes gît près de la commode. Je la ramasse. Je pose un genou à terre. Je regarde sous le lit. Des moutons y ont élu domicile. Si

Gisèle voyait ça !? C'est abominable.

Je récupère l'aspirateur. J'aspire, sous le lit en premier, puis partout dans la chambre. Je continue dans le couloir. J'arrive au salon. J'aspire, dans les moindres recoins. Je reprends le couloir. Je ne néglige ni la cuisine, ni les toilettes, ni la salle de bains. J'éteins l'aspirateur. J'accueille le silence retrouvé avec le sourire. Le téléphone sonne. Je me précipite.

— Oui…

— Mais où étais-tu ?

Je remarque que le répondeur clignote.

— Je passais l'aspirateur. Tu m'as laissé un message ?

— Deux.

— Je suis désolée. Je…

— Pas grave. C'était pour te dire que je serai en retard.

— Très bien. Tu arrives quand ?

— Là, je pars.

— À tout de suite alors.

— Oui, à tout de suite.

On raccroche. J'écoute ses messages. Céleste y est tour à tour agacée puis inquiète. Je n'aime pas quand je la contrarie. J'ai quand même le droit de passer l'aspirateur ! Ce n'est pas le problème. Nina pensait me trouver là et je ne répondais pas. À sa place, j'aurais réagi de même. Alors pourquoi me formaliser de sa réaction ?

L'incident est mineur. Il est même abusif de parler d'incident. Je range l'aspirateur. J'ouvre grand les fenêtres. Je secoue les coussins. L'air frais envahit l'appartement. Dans la cuisine, je vérifie qu'il y a le nécessaire pour dîner. Zut ! j'aurais dû demander à Merlène d'acheter un dessert.

J'attrape mon portable et bande le pouce. Trop tard. J'entends les clés de Sixtine dans la serrure. Je l'accueille à bras ouverts. Elle paraît fourbue. Elle retire son manteau. Je le récupère et le suspends à la patère. Elle m'embrasse à la va-vite, rejoint le salon et s'effondre dans le canapé.

— Je hais le métro !

Tout commentaire serait inutile. Je lui propose un apéritif.

— Si je bois de l'alcool, je tombe.

— Un soft alors ?

— Oui, un pastis, très dilué.

Je n'aime pas le goût de l'anis dans sa bouche. Georgina en raffole. Je lui apporte un grand verre avec deux glaçons, la bouteille d'apéritif, une carafe d'eau et un paquet de biscuits salés. Je la laisse se servir.

— Tu ne prends rien ?

J'hésite puis vais chercher une canette de thé glacé sans sucre. On trinque. Danièle retire ses chaussures. Elle pose ses pieds sur la table basse. Elle boit deux longues gorgées de pastis. Un soupir marque sa satisfaction. Je pioche un biscuit. Chintamanée réclame un baiser. Je m'approche. Je n'aime décidément pas le goût de pastis dans sa bouche. Je bâcle le baiser. Je me lève. Je dois mettre la soupe à chauffer.

*

— Dis, Chafia ? Pourquoi tu m'aimes ?

— Où as-tu vu que je t'aime ?

Je m'effondre.

— Je croyais…

— Tu as bien fait.

— Comment ça ?

— Je t'aime.

— Pourquoi tu dis le contraire alors ?

— Pour rigoler.

— Ce n'est pas drôle.

— Excuse-moi.

Annie rentre le menton dans ses épaules. Je la laisse mariner. Je n'ai pas envie que l'on joue à se faire peur, surtout pas ça !

Nous arrivons à un carrefour où il faut traverser en deux temps. Isia trépigne sur le terre-plein central. Le petit bonhomme passe au vert. Nous traversons. Le silence devient pesant. Je n'ai pas envie de le rompre, pas cette fois. Flora pose sa main sur mon bras. Elle m'invite à m'arrêter. Je m'arrête. Ses yeux sont tristes.

— Je suis vraiment désolée. J'ai été bête ; je ne savais pas quoi répondre à ta question. Tu veux bien me pardonner ?

— Oui, je te pardonne. Mais tu ne recommences pas.

Elle promet. Nous repartons. Le silence reprend ses droits. Il est serein. Le bitume, parsemé de chewing-gums, de feuilles, de déchets divers et de crottes de chien, défile sous nos pas. Je saute par-dessus un caniveau qui déborde. Solange saute après moi.

Nous bifurquons dans une petite rue. Je tombe en arrêt devant la vitrine d'un marchand de luminaires. La lampe de chevet que je cherche depuis vingt ans y est. Je la désigne à Phèdre puis lis à haute voix le prix.

— 349,00 euros.

La lampe restera là. Dorine me retient par le bras.

— Entrons, si tu veux ? Il y en a peut-être une autre moins cher.

— C'est celle-ci que j'aurais voulue.

— Fais-toi plaisir alors.

— Pas à ce prix-là. Ce n'est pas une question d'argent mais de principe. Je refuse de mettre plus de deux mille balles dans une lampe.

— C'est pourtant le prix minimum pour un bel objet.

— Tant pis. Je ne veux pas.

— C'est dommage.

Marie-Yolande ne comprend pas que même si j'en ai les moyens, le prix me soit à ce point dissuasif. Je renonce à m'expliquer. Je crains que le ton ne monte. Il n'y a pas de raison à cela. Ne sommes-nous pas ensemble depuis suffisamment longtemps pour être capables d'être en désaccord sans que cela ne tourne au vinaigre ?

Je n'en jurerais pas. Je tais ma défiance. L'Wren ne me la pardonnerait pas. Elle aurait raison. Je ne lui pardonnerais pas de douter de la force de notre liaison.

Liaison ; c'est rare que j'utilise ce mot, peut-être à cause de sa connotation péjorative. Défendrais-je le modèle bourgeois face à ces liaisons souvent extraconjugales ? Je ne peux y croire. Il y a lien, pourtant, dans l'amour, non ?

Un nouveau passage pour piétons me détourne dix secondes de cette réflexion lexicale. Léopoldine réclame la gourde que je porte à la ceinture. Elle boit puis me la rend. Je la remercie. De rien. Mais si. Mais non. Nous en sourions et avançons en silence.

J'en étais où, déjà ? À *Liaison*.

L'amour, donc, crée du lien ; je ne voudrais pas qu'il s'y résume. L'idée me plaît : l'amour ne doit pas être envisagé uniquement en termes de lien mais aussi en ce qu'il permet de profiter de soi. Le verbe *Profiter* n'est pas le bon dans la mesure où l'amour part de et revient à soi. L'autre n'est-il alors qu'un moyen de permettre cet effet boomerang ? C'est une fois encore très réducteur. Il me manque une clé. Je fatigue.

Nous entrons dans le jardin des Batignolles. Je savoure aussitôt la baisse du niveau sonore. Mes neurones se mettent au repos. Nous cherchons un banc à l'ombre. Nous vérifions avant de nous y asseoir qu'il n'est pas à la verticale d'un nid. Ce n'est pas le cas. Je retire mon sac à dos. Je m'assois. Je pose le sac sur mes genoux. J'en sors un autre sac dans lequel j'ai préparé un goûter. Huguette applaudit.

— Cela ne t'arrive jamais de casser ta tirelire pour t'acheter quelque chose qui te plaît même si c'est hors de prix ?

Pourquoi relance-t-elle le sujet ? Elle mord dans sa pomme. Je finis ma bouchée.

— Si, bien sûr. Mais plus ça va, plus j'y mets de limites. J'en ai marre d'être dans la consommation. Ce n'est pas si important que j'aie cette lampe.

— Mais juste pour le plaisir... Le fun, si tu préfères. Un coup de folie.

— Je préfère que la folie s'exprime ailleurs que dans l'achat d'un objet hors de prix.

— Dans quoi, par exemple ?

Je me sens piégée. Je m'octroie une bouchée de pomme. Mâcher aide à réfléchir. Odette ne montre aucune impatience. J'avale ma bouchée.

— Dans mes sentiments.

— C'est-à-dire ?

— Prendre un train afin de passer la soirée à Vérone.

— Chiche !

Je déglutis. Habiba tend la main. Je tope, la paume hésitante. Louise jette le trognon de sa pomme et dégaine son téléphone portable. Elle compose un numéro. Je l'entends demander qu'on la mette en relation avec un voyagiste. Mon sang se glace. Je ne peux pas me dérober. Je ne dis rien. Je reste là. Je n'écoute plus. Je ne veux pas savoir ce qui se prépare.

J'en suis pétrifiée. Le paquet de gâteaux y passe. Lyndsey ne s'en rend pas compte. Ses interlocuteurs se succèdent. Elle égraine à plusieurs reprises les numéros de sa carte de crédit. Elle note des informations sur une page de son Filofax. Elle range enfin son téléphone.

— Allez zou ! notre train est dans une heure.

Je me lève. J'ouvre la bouche afin de protester. Rien ne sort. Je suis paralysée.

Le train part à l'heure. Je me détends. Je n'ai pas d'autre choix. Nous bavardons, comme si nous étions toujours aux Batignolles. Le train marque l'arrêt en gare de Dijon. Nous descendons. Un taxi nous attend. Mais où allons-nous ? Dominique est surprise par ma question.

— Tu as bien dit Véronnes ?

— Oui, Vérone.

— Eh bien nous y serons dans une trentaine de kilomètres.

— Vérone, c'est en Italie.

— Non, Véronnes, c'est en Côte d'Or.

Le chauffeur de taxi est hilare. Cela nous aide à comprendre le quiproquo. Corinne éclate de rire. Je me laisse emporter par la tornade.

Le taxi nous dépose sur la place de Véronnes, Côte d'Or. Il part. Je ne vois aucun hôtel à l'horizon. Nous n'avons pas de bagages. Ne fait-il pas un peu frais pour dormir à la belle étoile ? Réjane ne me répond pas.

— Viens, on visite.

J'imagine qu'elle a tout prévu. Je l'espère. Ma folie a atteint sa limite.

Nous sillonnons les trois ruelles qui desservent de vieilles fermes puis revenons vers l'église. Anémone s'assoit sur le muret. Je l'imite. Je regarde l'heure sur mon portable. Je remarque que je n'ai pas de réception. Nous attendons. Quoi ? Je l'ignore.

Je pourrais poser la question à Joëlle. Je n'en ai pas envie. Je respire les senteurs agrestes à l'oxygène actif. Je m'enivre. Il n'y a pas âme qui vive. Le silence est imposant. Un moteur le trouble. Il repart. Je suis détendue. N'est-ce pas étrange pour une citadine que l'on a précipitamment sortie de son enceinte bétonnée et dépouillée de ses outils de communication ordinaires ?

Une cabine téléphonique d'ancienne génération m'indique que la civilisation n'est pas si loin. Le calme de Soledad ajoute à ma sérénité. Un chat dodu vient nous épier. Il se poste devant nous, tourne la tête de droite, de gauche, s'étire puis repart, queue hirsute en direction de nulle part. Un chien aboie, puis un autre. Le silence revient.

Le bruit d'un lourd piétinement interrompt notre recueillement. Nous tournons la tête. À l'angle de la rue, une première vache laitière apparaît, le pis au bord de la rupture. J'en ai mal pour elle. Deux autres la suivent. Une quatrième. Une cinquième. J'en compte onze au total, débordantes de lait. La femme qui les suit nous salue d'un hochement de tête.

— M'sieur dame.

Nous ne relevons pas l'erreur de genre. Nous lui répondons en souriant. Le troupeau est passé. Le silence lui fait suite. J'ai soif. Darlène n'a rien à m'offrir à boire.

— Viens ! Il est temps d'y aller.

Je la suis sur la D28. Un panneau de signalisation indique « *Lux 5 km* ». Allons-nous les faire à pied ? Cela ne me gênerait pas si je n'avais pas si soif. Une berline arrive en face de nous. Elle nous fait un appel de phares. Elle amorce un demi-tour dans un chemin. Nous la rejoignons. Le chauffeur descend. Il nous serre la main.

— Bonsoir. Je ne vous ai pas trop fait attendre ?

Ping le rassure. Nous prenons place sur la banquette arrière. Un petit quart d'heure plus tard nous entrons dans le village de Bèze. Quel nom prometteur ! Je m'abstiens d'en faire le commentaire : les Autochtones doivent saturer des vannes graveleuses.

La voiture s'arrête dans la cour d'un fort bel hôtel au nom tout aussi charmeur : le Moulin de Belle Isle en Bèze. Une dame nous accompagne jusqu'à notre chambre.

— Le dîner est servi à 20 heures.

Elle sort. Pakize s'assoit sur le bord du lit d'époque. Je nous sers deux grands verres d'eau. Gudrun boit et me rend le sien.

— Je suis désolée, il n'y avait pas d'hôtel à Véronnes.

— Ce sera parfait.

— Vraiment ?

— Vraiment.

Je pose les verres. Je m'assois à ses côtés. Nous roulons au milieu du lit. Notre étreinte m'émeut. Le repas m'enchante. La nuit me repose. Le retour sur Paris me déplaît. Le travail me reprend. Anne-Marie me rejoint chez moi le sien terminé.

— On devrait être folles plus souvent.

Oui. On devrait.

*

Ursula dort. Je ne dors pas. J'aimerais bien, pourtant.

*

J'enfile mon maillot de bain. Le téléphone sonne. C'est Patricia. Elle me propose de la rejoindre aux arènes de Lutèce. J'accepte, sans rien lui dire de mes projets sportifs. Je retire mon maillot. Je me rhabille. Je ne suis pas très fière d'avoir renoncé à aller à la piscine. Tant pis. Je l'aime. J'ai envie de la voir. C'est plus important que d'aller nager. Ah bon ? Et qui décide de cela ? Moi.

*

Fanchon marche à mes côtés. Le ciel est clair. Le soleil nous illumine. Le fond de l'air reste frais. Je chantonne.

— Mmm-Mmm-Mmm… Mmm-Mmm…

Je cherche un refrain qui pourrait rythmer mes pas. Ma culture musicale est marquée par de nombreux étés en colonie de vacances. Je refoule ces rengaines-là. Je retrouve les chansons que chantaient mon père, ou ma mère, sans doute les deux.

— « *La giroflée, et puis la rose, / Ce sont des fleurs qui dis'nt quèqu' chose ! / Mais pour aimer les coqu'licots / Et n'aimer qu'ça... faut être idiot ! / T'as p't'êtr' raison ! seul'ment voilà : / Quand j't'aurai dit, tu comprendras !* »[1]

Pearl m'a écoutée le sourire aux lèvres.

— Au début, ce n'est pas une giroflée mais un myosotis.

— Tu es sûre ?

— Quasi.

— « *Le myosotis, et puis la rose, / Ce sont des fleurs qui…* »

— Non, tu as raison. C'était mieux avec des giroflées.

— Tu chantes avec moi ?

— Je chante faux.

— On s'en moque !

— « *La giroflée, et puis la rose, / Ce sont des fleurs…* »

Gudule me rejoint.

— « *qui dis'nt quèqu' chose ! / Mais pour aimer les coqu'licots / Et n'aimer qu'ça... faut être idiot !* »

Nous chantons de plus en plus fort. Des passants nous dévisagent, certains amusés, d'autres incrédules ou contrariés ; il est difficile de trancher. Le refrain passé, Désirée attaque le deuxième couplet. Je n'en connais pas les paroles. Je la suis en ânonnant. Elle s'arrête.

— On en chante une autre ?

— Laquelle ?

— Je ne sais pas… Tu connais quoi ?

— Dans quel registre ?

— Classique à texte.

— *Les feuilles mortes.*

— Vas-y ! Je te suis.

— « *Les feuilles mortes se ramassent à la pelle* ».

Je stoppe au milieu du trottoir. Je fais face à Eurydice. Elle donne à son tour de la voix.

— « *Et le vent du nord les emporte / Dans la nuit froide de l'oubli.* »

Alice a sorti le parapluie plié dans son sac. Nous nous y accrochons et prenons la pose, telles deux candidates de télé-crochet.

— « *Mais la vie sépare ceux qui s'aiment, / Tout doucement, sans faire de bruit / Et la mer efface sur le sable / Les pas des amants désunis.* »[2]

---

[1] *Comme un petit coquelicot*. Paroles : Raymond Asso. Musique : Claude Valéry. 1951.

[2] *Les feuilles mortes*. Paroles : Jacques Prévert. Musique : Joseph Kosma. 1946.

Quelqu'un pourrait-il applaudir ? Les passants préfèrent nous éviter. Je les comprends. Deux filles accrochées à un parapluie en train de chanter *Les Feuilles mortes*, il y a de quoi craindre le pire. Imaginons, par exemple, que leur bonheur soit contagieux. Ouh ! là ! là ! ça fait peur. L'amour, décidément, fait peur. L'amour ou le bonheur ?

Si c'est le bonheur, il doit y avoir de la culpabilité judéo-chrétienne dans l'affaire. Il n'est pas temps d'en discuter. Christelle rengaine son micro. Nous reprenons notre route sans trop nous soucier du chemin. Nous sommes concentrées, chacune de notre côté. Je cherche une nouvelle chanson. Je parie que Diarhoumba fait de même. C'est moi qui lance le bal.

— « *Vanina ah ah vanina ah ah…* »[3]

— … La la la lalala…

Silence. Florence le rompt soudain.

— « *Je lui dirai les mots bleus…* »

— « … *Les mots qu'on dit avec les yeux…* »

En chœur.

— « … *Parler me semble ridicule / Je m'élance et puis je recule…* »

Je ne sais pas la suite. Perséphone s'en charge.

— « … *Devant une phrase inutile / Qui briserait l'instant fragile / D'une…* »

On repart en chœur.

— « … *rencontre. / D'une rencontre…* »[4]

On respire. Iphigénie relance.

— « *Et j'ai crié…* »

Je suis aussitôt.

— « … *crié, Aline, pour qu'elle revienne / Et j'ai pleuré, pleuré, oh ! j'avais trop de peine.* »[5]

J'enchaîne.

— « *Petite fille du soleil / Le printemps n'attend pas / Petite fille du soleil / Non ne pleure pas…* »[6]

Une fois encore, Dalila en sait plus que moi. Elle termine le refrain. Je sens qu'elle a déjà prévu la suite. Je la laisse faire.

— « *J'ai encore rêvé d'elle / C'est bête, elle n'a rien fait pour ça…* »

---

[3] *Vavina*. Paroles : P. Loiseau. Musique : Shannon Crook. 1974. Titre original : *Runaway*.

[4] *Les mots bleus*. Paroles : Jean-Michel Jarre. Musique : Christophe. 1974.

[5] *Aline*. Paroles et musique : Christophe. 1965.

[6] *Petite fille du soleil*. Paroles : Christophe, Didier Barbelivien. Musique : Christophe. 1976.

Oh ! non, pas Il était une fois. Sylvaine ressort son parapluie.

— « ... *Elle n'est pas vraiment belle / C'est mieux, elle est faite pour moi / Toute en douceur / Juste pour mon cœur*... »

J'attaque le refrain. On s'est de nouveau figées au milieu du trottoir. Le couplet en dialogue arrive. C'est du délire. La foule en liesse nous acclame. Nous sommes les nouvelles stars du bitume. Nous montons un peu plus le son. Une goutte de sueur perle à mon front. C'est l'apothéose... et la chute, enfin.

— « ... *Et demain matin, tu seras là*. »[7]

Janet pose un genou à terre. Je la relève. Elle porte son micro à la bouche.

— « *Love love love dit-on en Amérique / Lioubov en Russie soviétique / Amour aux quatre coins de France / Moi je crois crois crois / Qu'avec tous ces mots-là là là / La paix enfin aura / Un jour sa chance*. »[8]

Cette chanson ne me dit rien. Tzipi en est surprise.

— Tu ne connais pas les Poppys ?

— Non.

— Je te ferai écouter.

Nous marchons de nouveau. Prudence fredonne un air sans paroles. Je suis bien. Je me laisse porter par sa musique. Nous avançons ainsi un long moment, reliées par des notes qui rythment nos cœurs et nos pas. Le romantisme frise l'excès. Qu'importe ! La souffrance paraît si loin, la violence aussi. J'en oublie presque leur existence.

Cette insouciance n'est-elle pas dangereuse ? Et si un avion nous tombait sur la tête ? Ou alors si la terre s'effondrait ? Si le monde explosait ? Si la mort nous frappait ? Si l'amour se dissipait ? Ne serait-ce pas le pire de tout ? Je m'échine à noircir le tableau. Je n'y arrive pas. L'amour est le plus fort, ou tout du moins le sentiment de béatitude qu'il autorise.

Emmanuelle titube soudain. Serait-elle malade ? Je me fige. Elle pointe son doigt vers moi et entame un refrain de chanson à boire. Je ris. Antoinette monte le son et part dans des arabesques qui défient les lois de la gravité. C'est vrai qu'elle chante faux ! Je ris encore. Elle manque de tomber. Je la rattrape. Elle me colle une main aux fesses.

— Hé ! cocotte. Tu me donnes un bec ?

Elle a dit ça avec un accent indéfinissable. Je caquette. Elle me colle une deuxième main aux fesses. Je dodeline. Elle me pousse contre le mur. Je pouffe. On s'embrasse. Je défaille. Elle me soutient. Notre étreinte dure.

---

[7] *J'ai encore rêvé d'elle*. Paroles : S. Koolenn. Musique : R. Dewitte. 1975.

[8] *Love, lioubov, amour*. Paroles : J. Néro, G. Péram. Musique : F. Bernheim. 1970.

Mon désir grimpe en flèche. Si on reste là une minute de plus, je ne réponds plus de rien.

— Arrête, je…

Pierrette plante sa langue entre mes dents. Elle me bouscule et j'adore ça. Il va pourtant falloir repartir ; il n'est pas question d'accomplir notre désir en pleine rue.

Je tente de me dégager de petits coups de bassin. Faustine enregistre le message. Nos corps se séparent. Nos mains assurent la jonction. Sans nous le dire, nous prenons la direction de mon appartement. J'entonne une nouvelle chanson.

— « *Et dans dix ans, je m'en irai / J'entends le loup et le renard chanter / Et dans dix ans, je m'en…* »

Notre marche s'accélère.

— « *… J'entends le loup, le renard et la belette / J'entends le loup et le renard chanter…* »[9]

Arrivée au refrain, Ondine part sur une histoire de poulain qui aurait mangé tout le foin. Je ne connais pas cette variante. Elle me l'apprend. On avance. « *Neuf ans* » ; « *Huit ans* » ; « *Sept ans* »… On passe devant la supérette. Cela me donne envie de faire des crêpes. J'abandonne Maria à la jument de Michao. Quand je reviens, elle a avancé de deux ans. Il nous en reste trois.

Nous ne les consommerons pas, pas plus que nous nous attelons à notre désir. Il s'est comme envolé, dissout dans la rengaine. Ce n'est pas grave ; il reviendra. Je sors les ingrédients nécessaires à la fabrication d'une pâte à crêpes. Gretel me demande l'autorisation de se doucher. Quelle idée ? Je la lui refuse. Elle s'éclipse en riant.

Quand elle revient, je dépose la première crêpe dans une assiette. Elle est pour elle. Je verse une nouvelle louche de pâte dans la poêle. Nous mangeons en alternance. Le saladier y passe. Nous n'aurons pas faim ce soir. On parie ? Il ne vaut mieux pas. Shawnee n'est qu'un ventre.

L'expression me fait sourire. Elle me rappelle que le ventre est le point de jonction entre l'estomac et le sexe. Est-ce à dire que combler l'un comble l'autre ? Dans le sens sexe-estomac, il est clair que non tant l'amour peut creuser l'appétit. Dans l'autre ? Cela se discute. Ne sommes-nous pas, par exemple, en train de nous goinfrer pour assouvir un désir éveillé contre la pierre froide d'un immeuble puis dissout dans la marche à pied ?

---

[9] *La jument de Michao*. Chanson traditionnelle galloise d'après des paroles de Bernard Baudriller.

Je sens que je vais rapidement arriver à une question de poule et d'œuf : est-ce que l'on mange par défaut de sexe ou est-ce le fait de manger qui retire l'envie de sexe ? Hélène passe sa main sur mes fesses. Je la laisse progresser. Elle me tire dans la chambre. Nos ventres savourent leur deuxième ration de complétude. Nos chairs se défont. Elles sont repues. Nos esprits s'envolent. Nous somnolons.

Le téléphone sonne. Je le maudis. Je ne me lève pas. J'écouterai plus tard le message. Je ferme les yeux. Le monde n'existe plus. Nous sommes seules, Magali et moi, loin de tout, heureuses.

Il va bien falloir y retourner, pourtant, dans ces rituels fades et monotones du quotidien auxquels l'amour permet d'échapper. Et pourquoi ça ?

Parce que l'on ne peut pas vivre en dehors du monde, pardi.

Et pourquoi pas ?

Parce que l'on s'ennuierait, loin des autres et du bruit. Tiens donc ?

Ce dialogue entre les différentes zones de ma conscience m'épuise. On ne peut pas vivre d'amour et d'eau fraîche alors pourquoi contester la raison, celle qui dit qu'il va falloir revenir au monde ? Parce qu'elle est raisonnable, justement, et que l'amour qui ne viserait pas une certaine démence serait vain.

Voici un autre débat. Je sature de mes introspections. Je voudrais savourer la relation comme j'ai mangé mes crêpes : la bouche si pleine que j'en étais incapable de parler. Il n'est pas besoin de parler pour penser. Il est besoin d'un langage. Que l'on me retire le langage ! Je ne veux plus penser. Je veux sentir, éprouver, me repaître. Foutaise ! on ne se repaît pas non plus sans langage.

Qu'est-ce que je cherche alors ? Qu'est-ce que je veux ? La béatitude ? Cela sonne trop bonne sœur. Je conteste aux nonnes le monopole du béat. La sérénité ? Oui, c'est ça : je veux que l'amour me rende sereine, *ne plus avoir peur*. Je veux que la violence, la haine, la misère, la souffrance glissent et m'épargnent, non pas que je croie possible d'y échapper, j'espère simplement qu'elles ne me fassent pas mal.

Je ne suis pas maîtresse du monde ; je peux l'être de la perception que j'en ai, si j'y travaille. Je veux travailler mon amour de toi, Ruth, et mon amour tout court afin qu'il m'emplisse telle une crêpe chocolat-chantilly et qu'à cet instant je ne ressente plus rien d'autre que le sucre, la crème et le cacao en mon palais. Est-ce trop demander à l'amour ?

Élise ouvre les yeux. Elle me sourit. Je flotte. Elle est belle. Elle rayonne. Elle a envie d'une boisson chaude. Je me lève. Je vais dans la cuisine. Le froid du carrelage n'atteint pas mes pieds. Je mets de l'eau dans la bouilloire. J'attends qu'elle chauffe, bras croisés face à la fenêtre.

Dehors, la nuit est tombée. Je regarde l'heure. Il est tard. J'emporte l'infusion dans la chambre. Fernande est assise dans le lit. Elle a ouvert un des magazines qui traînaient au pied de la table de chevet. Elle me remercie pour l'infusion et tourne une page. Je la laisse lire. Je m'en vais à mon bureau relever mes mails et préparer les documents que je dois emporter demain.

Voilà. Je suis revenue dans le monde, déjà loin de Nafissatou puisque je ne partage ni son espace, ni son activité. C'est là une méthode bien scientifique de calculer la distance. L'amour n'est pas science. J'ignore même s'il a une existence physique. Nous sommes chacun notre unique amouromètre ; et encore, il faudrait s'assurer que nous sommes véritablement capables d'une telle mesure.

Je ris. C'est un peu idiot ce que je dis. Cela me détourne de mon travail. Je m'y remets. Ma tasse est vide. Je vais dans la chambre la remplir. Shéhérazade s'est endormie le nez dans son magazine. Je le lui retire en prenant garde de ne pas la réveiller. J'éteins la lumière. Je sors sur la pointe des pieds. Je n'ai pas fini mon travail. Je me concentre.

Quelque chose pourtant me ramène invariablement vers Olga. Cela ne me dissipe pas. Cela me dope. Cela m'apaise. Cela me place dans un état… serein. On y revient, à la sérénité. Rien ne me sépare de Marie-Myriam. Ce qui nous unit est bien dénué de toute matérialité. C'est en moi, au fond, là, quelque part. Je ne peux le toucher. Je ne peux le voir. Je ne peux même pas le sentir, juste l'éprouver.

J'éprouve mon amour de toi, Lucie. Le double sens ne peut pas être un hasard. Aurais-je besoin de preuves de son existence ? Ou de sa force ? Ou de sa nature ? J'aime te regarder dormir et me demander si je t'aime.

Je retourne à mon ordinateur. Je l'éteins. Je vaque à mes ablutions puis rejoins Raymonde qui occupe le travers du mitan. Elle se pousse à mon arrivée. Ne dort-elle pas ? Il semble que si. Je vérifie le réveil. Je ferme les yeux. Je pose ma main sur sa cuisse. Je m'endors. Et après ?

Le réveil me fait sursauter à 6 h 45. Je lui donne une claque. Je vérifie que Cléonte est toujours là. Il n'y a aucune raison qu'elle n'y soit pas. Elle y est. Je suis heureuse. Je l'embrasse. Elle déclare que c'est son tour de faire le café. Je ne proteste pas.

Il est presque 7 heures. Je la suis hors du lit. On se quitte une heure plus tard sur le quai du métro. La distance s'accroît. J'achète le journal. Je lis mon horoscope. Il m'invite à rester zen. C'est noté. Deux stations avant d'arriver, je remarque que je suis en avance. Je sors du métro. Je préfère marcher. Il est avéré que cela me fait du bien.

*

Le temps est pourri : pluies verglaçantes et températures sibériennes. Mireille et moi avons renoncé à notre promenade dominicale. Nous sommes chez elle. Il y fait bon. Je suis vautrée devant la télévision. Je ne sais pas ce que je regarde. Je n'ai pas même la force d'appuyer sur le bouton « *Info* » de la télécommande afin de le savoir.

Je ne suis pas fatiguée ; je suis molle, flasque. Je n'ai pas envie de bouger. Je n'ai pas envie de penser. Je n'ai pas envie de sentir, à peine d'éprouver. Nour m'appelle depuis la cuisine. Elle a besoin d'aide. C'est trop dur. Je ne bronche pas. Elle crie de nouveau. Je m'enfonce un peu plus. Elle apparaît.

— Ben, alors ? Tu ne m'as pas entendue ?

Je marmonne un truc inaudible.

— Tu es malade ?

Je fais non de la tête.

— Qu'est-ce qu'il y a alors ?

Mahjouba s'est assise à côté de moi. Comment lui dire qu'il n'y a rien de spécial, que je veux juste zoner sur ce canapé en regardant des niaiseries sans qu'elle ne vienne me tirer de là au motif de je ne sais quoi ? Je n'ai pas envie de parler. Je n'ai pas envie de me justifier. Je voudrais qu'elle comprenne toute seule. Si elle m'aime, cela doit être possible, non ?

La sentence tombe : Marie-Josiane ne m'aime pas ; j'en ai la preuve ; elle exige une explication. Je ne lui en donne pas. Je me lève. Je coupe la télé. Je jette la télécommande sur le canapé. Je file dans la chambre. Je troque ma tenue d'intérieur contre une tenue d'extérieur. Je chope mon manteau et le restant de mes affaires.

— Ciao !

Et je sors.

Faut-il être conne pour faire une chose pareille ! Guondouz n'a pas cillé. N'est-ce pas une deuxième preuve qu'elle ne m'aime pas, au moins pas vraiment ?

La bise me fouette les joues. Je suis triste. Je couvre le bas de mon visage de mon écharpe. J'enfonce les poings dans les poches de mon manteau. J'ai froid. Mon téléphone vibre. C'est un texto.

« Tu m'expliques ? »

Drôle de message. Pourquoi toujours ce besoin de comprendre ? Est-ce que je passe mon temps à chercher à comprendre, moi !?

J'enfouis ma tête dans mes épaules. J'avance en direction de nulle part. J'ai l'impression qu'une larme gèle dès sa sortie de mon œil. Une autre vient la réchauffer mais se fige à son tour. Une stalactite se forme. « *Tite* » ou « *mite* » ? C'est « *tite* », je me souviens, car il y a un « *t* » comme « *tomber* ». Mon portable vibre de nouveau.

« Va te faire foutre ! »

Justement, j'y songeais. Quelle idiote ! Janice ou moi ? Je ne tranche pas. Je passe le périphérique. Le vent est encore plus glacial. Je suis une large voie où les automobiles roulent à tombeau ouvert. Il y a peu de passants. La nuit n'est pas loin de tomber. Ce décor sans vie sied à mon humeur, massacrante. Une voiture blanche ralentit à ma hauteur. Je remarque le gyrophare sur le toit. Je souris. Ils repartent.

Mon portable vibre encore. C'est un appel. Je ne décroche pas. Alexandra laisse un message : elle s'excuse de s'être emportée et me demande de lui faire un signe ; elle ne comprend pas ce qui se passe ; elle m'aime ; elle voudrait avoir de mes nouvelles. Elle est inquiète ; elle le dit.

Suis-je si méchante de ne pas lui en donner ? Je soupire. Je la maudis. À cause d'elle, je culpabilise d'être partie alors que c'est clairement elle qui m'a poussée dehors.

Ma mauvaise foi ne m'étrangle pas. L'écharpe me serre un peu. Je n'y touche pas. Je ne dois rien à Hubertine. Je n'aime personne, pas même moi, surtout pas moi.

Je m'enfonce un peu plus dans la banlieue. Je croise une rangée de barres imposantes. Aucun jeune n'est là pour me faire la peau. Ils doivent être au chaud quelque part. Je suis déçue. Je continue. J'ai le bout du nez qui va tomber. Je dois faire attention de ne pas me cogner. J'évite de justesse un poteau. J'allonge le pas. J'aperçois une station de RER. J'en profite pour me situer. Mon téléphone vibre encore.

« J'appelle la police ! »

J'éclate de rire. Comment vais-je me sortir de là ? Jamais Abigaël ne me pardonnera cette bouderie de plus de trois heures, ni ce départ précipité. Elle aura raison. Rien ne peut le justifier, pas même l'amour. Étrange proposition : en quoi l'amour pourrait-il autoriser la violence de ma fuite et de mon silence ?

Je n'ai pas rangé mon portable. Il me tient chaud. La pluie redouble. Je me planque sous un Abribus. Je fumerais volontiers une cigarette. Je cherche un cure-dents dans mes poches. Je trouve un bonbon. Je le mange. Ce n'est pas si bête, finalement, de penser que sans la conviction de l'amour de Xavière je ne me serais jamais autorisé un tel comportement.

Est-ce à dire que l'amour justifie l'ignominie ? Certes non. Il permet néanmoins d'espérer que l'autre pardonne là où soi-même on a du mal à pardonner. Je donne un coup de molaire à mon bonbon. Il explose. Je le regrette. J'aurais préféré qu'il fonde.

Je tourne la tête vers Paris. Il pleut toujours. J'ai froid. Je m'assois sur le petit banc. Je voudrais qu'Axelle soit là, qu'elle me réchauffe, qu'elle me berce et me chante une douce chanson. « *La giroflée et puis la rose…* »

Le souvenir me donne envie de pleurer. Je suis seule, perdue, misérable. Maaïke ne pourra plus m'aimer après cette fugue. Je suis décidément infichue de nourrir une relation ; j'ai tout fait pour qu'elle aille dans le mur. Ça y est, j'y suis. Fin de l'épisode. Je ferme les yeux.

Un coup de Klaxon me fait sursauter. Un bus est là, porte avant ouverte.

— Vous montez ou quoi ?

Je me précipite. Le chauffeur me regarde comme si je revenais de loin. Je lui demande s'il va sur Paris. Il acquiesce. Je lui paie le prix d'un billet. J'avance entre les sièges. J'en trouve un libre juste au-dessus de la grille par laquelle sort l'air du chauffage. En moins de cinq minutes, je bous. C'est bon. Je défais mon écharpe. J'ouvre mon manteau. Le bus roule à bonne vitesse. Il ne s'arrête que peu. Je sors mon portable.

« Même s'il est trop tard, je t'aime. »

La réponse ne tarde pas.

« Il n'est jamais trop tard. »

C'est beau. J'en ai les larmes aux yeux. La minute qui suit, je songe que j'ai dû rêver tout cela. J'ai peur de me présenter devant Joséphine, d'avoir à lui expliquer. Je n'ai toujours rien à expliquer. Je lui dois pourtant d'en dire un minimum. Je ne vais pas inventer. Je suis malheureuse, c'est tout, et il m'est insupportable de faire ce constat alors que je l'aime et qu'elle m'aime.

Le bus passe au-dessus de périphérique. Il se gare à son terminus. Je ne suis pas très loin de chez Camille. Je sonne. Elle m'ouvre. Je m'effondre. Elle me rattrape et murmure des choses que je ne comprends pas. Je pleure. Elle me caresse la nuque. Je pleure. Elle me porte jusqu'au canapé. Je pleure. Elle couvre mon visage de petits baisers. Je pleure.

Suis-je si malheureuse que cela ? Je crains surtout qu'Obeline ne me pose ces questions auxquelles je n'ai pas de réponse : mes accès de tristesse sont sans cause apparente et je n'aspire pas à en trouver la raison. C'est ainsi. Est-il possible de lui dire cela, qu'elle l'accepte et se fasse fi de la souffrance que je viens de lui infliger ?

Mes larmes deviennent spasmes. La fréquence de ceux-ci diminue. Greta me sert un thé chaud avec un demi-sucre et un nuage de lait. Elle voit les engelures sur mes mains. Elle les soigne avec une crème épaisse. Je me pelotonne de nouveau contre elle. Je n'ai plus envie de bouger. Plus jamais.

*

Lourdes pousse la porte coupe-feu du cinéma. Je passe derrière elle. Je tiens la porte à la personne qui me suit. Nous remontons l'escalier. La lumière du jour nous frappe de plein fouet. Je cligne des yeux. Je mets ma main en visière. Marceline sort une paire de lunettes de soleil. Je l'imite. Nous traversons la rue en courant. Nous achetons un café à emporter.

Nous zigzaguons au milieu de la foule trop dense à notre goût. À la première transversale, nous bifurquons. Un square nous attire. Nous y entrons. Il est équipé de ces nouveaux sièges à une seule place groupés par deux ou trois. Le dispositif est destiné, j'imagine, à éviter que d'aucuns n'y élisent domicile. Nous nous asseyons.

La distance nous paraît immense. Ces sièges individuels sont un tue-l'amour. Judith aperçoit un banc normalement constitué. On déménage. Le café est à température idéale. Il ne fait par contre pas assez chaud pour que notre pause s'éternise. Nous repartons. Quelle sera notre prochaine étape ? Nous visons la Seine, du côté de l'Hôtel de ville, Armelle a une course à faire.

Elle nous guide en évitant les grands axes. J'ai un peu mal à la tête. Nous faisons halte dans une pharmacie. J'ajoute au paracétamol des pastilles au miel que je sais être délicieuses. J'en propose une à Léone. Elle n'en veut pas. Elle préfère ma langue aux sucreries.

Son baiser me chope par surprise. Il déclenche une onde de désir. J'en ris d'aise. Marjolaine réclame de rire avec moi. Elle s'empourpre à mon aveu d'envie d'elle. C'est agréable qu'elle rougisse encore, en dépit du temps qui passe. Elle m'embrasse de nouveau, avec plus de tendresse, cette fois. Mon désir s'en ressent. Il revient à de plus sages perspectives.

Nous reprenons notre route. Je gobe un bonbon au miel. Une pluie fine se mêle à notre marche. Nous nous en moquons. Nous sommes bien équipées. Je regrette simplement que ma capuche m'empêche de voir le profil de Christiane. J'attrape sa main pour compenser. Le contact ravive la flamme et j'en suis encore surprise car je pense que plus une relation dure, moins le désir est prégnant. Et j'avance quel argument à cette douloureuse sentence ? Mon expérience, forcément.

Elle n'a pas valeur de démonstration. Elle est incontournable pourtant. Il me faudrait la confronter à d'autres. J'hésite à en parler à Angélique. Je ne veux pas qu'elle s'imagine que je ne la désire plus, en fait, moins.

J'ai la sensation que le désir perd en importance — en pertinence ? — au fur et à mesure que l'amour gagne en puissance et en pérennité. Ceci est si contraire à ce que j'ai toujours défendu ! J'en suis affligée. J'ignore d'où me vient ce que j'assimile à un renoncement. Peut-être d'une overdose de magazines féminins ? Drôle d'idée !

Je me souviens de l'un d'eux qui préconisait de déclamer des poèmes pour entretenir le désir. « *Mignonne, allons voir si la rose qui ce matin avait déclose, sa robe pourpre au soleil…* »[10] C'est la seule dont je me souvienne, à part un vers de Hugo extrait de *La Légende des siècles* : « *L'œil était dans la tombe et regardait Caïn.* »[11] C'est d'un sexy ! Il y a aussi le *Pont Mirabeau* sous lequel coule la Seine « *et vienne la nuit sonne l'heure, les jours s'en vont et je demeure* »[12]. Maguleone n'y résistera pas, c'est certain.

Je cherche autre chose. Thérèse m'interrompt. Nous ne sommes plus très loin de cette librairie spécialisée où elle a commandé un manga et elle aimerait marcher encore un peu.

Nous décidons de faire un détour par les jardins du Palais Royal. La Comédie française m'invite à puiser dans le répertoire. Je cherche un mot sur lequel m'accrocher. La statue du Commandeur apparaît. Pourquoi lui ? Il m'apparaît toujours quand je pense à du théâtre. Il a dû me faire peur, la première fois que je l'ai vu. C'est l'idée que j'en ai. Quoi d'autre ?

Le Cid ne m'inspire pas. Je serais même infichue de dire ce que la pièce raconte. Je repense à cette pauvre femme obligée de manger ses enfants transformés en petits pâtés. Je raffole des petits pâtés. C'était dans quoi déjà ? Britannicus ? Non, c'est un Shakespeare. Mon peu de mémoire m'effraie. Je demande à Antigone si elle sait. La réponse est positive : *Titus Andronicus*. Je n'étais phonétiquement pas loin, ou presque.

Nous rejoignons la place Colette. Le Louvre nous fait un signe. Nous y renonçons et filons directement vers l'Hôtel de ville. Honorine achète son manga. Elle me demande si je n'aurais pas faim. J'acquiesce. Elle propose une soupe à l'oignon dans une brasserie du Châtelet.

Le garçon dresse notre couvert. Nos mains s'entrechoquent dans la panière à pain. Nous rions. À la table d'à côté, un couple hétérosexuel à

[10] Pierre de Ronsard, « *Mignonne, allons voir si la rose* », *in* : *Les Odes* (1550-1552).
[11] Victor Hugo, « *La conscience* » *in* : *La légende des siècles* (1859).
[12] Guillaume Apollinaire, « *Le Pont Mirabeau* » *in* : *Alcools* (1912).

l'allure martiale mange un dessert. L'homme parle dans son téléphone portable. La femme rédige un texto.

J'espère ne jamais en arriver là avec Laure. Qu'est-ce qui me choque ? Le constat — pure spéculation en ce qui les concerne — qu'ils n'ont plus rien à se dire, que manger ensemble n'est plus un moment de partage.

Ces éléments me semblent un motif sans appel de rompre une relation, comme s'il fallait absolument qu'il se passât quelque chose entre les protagonistes pour que je considère que cela en vaut la peine. Quid de ces moments où chacun vaque à ses occupations sans, en apparence, se préoccuper de l'autre ?

Je me désespère de moi-même tant j'ai peur que l'amour ne tienne qu'à un fil ? Quand serai-je capable de lui faire confiance à ce foutu sentiment qui me porte plus que de raison à l'introspection ? Quand serai-je en mesure d'en jouir sans me poser la question de son sens, de sa nature ou de son fondement ? Quand ? Je l'ignore mais il faut que cela s'arrête, maintenant. Le garçon nous sert la soupe. Ilona me demande pourquoi je pensais à *Britanicus*.

— Je cherchais une réplique de théâtre pour te dire que je t'aime.

Graziella rougit. Un fil de gruyère bloque son élocution. Elle déglutit avec peine. Elle me sourit comme pour compenser son incapacité à parler. Je porte la cuiller à ma bouche. C'est chaud ! Je me brûle un peu le palais. Je bois de l'eau. Pélagie en a fini avec sa bouchée de fromage fondu.

— C'est très romantique.

— Tu te moques ?

— Non, du tout ! Je trouve dommage que l'on ne prenne plus le temps d'écrire des alexandrins.

— C'est un peu lourd, non ?

Marlène se penche au-dessus de son bol de soupe.

— « *Souvent je ne sais quoi qu'on ne peut exprimer / nous surprend, nous emporte, et nous force d'aimer ; / et souvent, sans raison, les objets de nos flammes / frappent nos yeux ensemble et saisissent nos âmes. / Ainsi nous avons vu le souverain des dieux, / au mépris de Junon, aimer en ces bas lieux ; / Vénus quitter son Mars et négliger sa prise, / tantôt pour Adonis, et tantôt pour Anchise ; / et c'est peut-être encore avec moins de raison / que bien que vous m'aimiez, je me donne à Jason. / D'abord dans mon esprit vous eûtes ce partage : / je vous estimai plus, et l'aimai davantage.* »

Je n'ai pas tout compris mais qu'est-ce que c'est beau ! Je suis émue. Ma cuiller est restée en suspension. Mes yeux sont humides. Ma gorge est sèche.

— Encore !

— Voici la réponse d'Égée : « *Gardez ces compliments pour de moins enflammés, / et ne m'estimez point qu'autant que vous m'aimez. / Que me sert cet aveu d'une erreur volontaire ? / Si vous croyez faillir, qui vous force à le faire ? / N'accusez point l'amour ni son aveuglement ; / quand on connaît sa faute, on manque doublement.* »

Madeleine s'arrête de nouveau. Je l'encourage à poursuivre. Elle m'explique qu'il ne reste à son répertoire que quatre vers de la réponse de Créuse.

Je les veux.

— « *Puis donc que vous trouvez la mienne inexcusable, / je ne veux plus, seigneur, me confesser coupable. / L'amour de mon pays et le bien de l'État / me défendaient l'hymen d'un si grand potentat.* »[13]

Je laisse un silence saluer la performance.

— Et tu n'en sais pas plus ?

— Non, désolée.

— Tu recommences ?

— Je mange ma soupe d'abord ; il serait dommage qu'elle refroidisse.

— C'est moi qui vais refroidir si tu arrêtes de dire des vers.

— Ça nous promet une belle soirée !

La cuiller d'Elfriede plonge dans la soupe. La mienne l'imite. Nos voisins n'ont pas lâché leur téléphone respectif. Je vais devoir admettre que les alexandrins sont propices au désir. Ce doit être une question de rythme. Je demande à Dagmar d'où lui vient de connaître ce texte.

— Un souvenir de lycée.

— Chapeau !

— C'est le seul, en matière de récitation, s'entend. Je crois que c'est cette histoire d'hymen qui m'avait marquée. Je trouvais ça très osé comme formule.

— Redis-moi.

— « *L'amour de mon pays et le bien de l'État / me défendaient l'hymen d'un si grand potentat.* »

— Tu as raison, c'est osé.

— Et toi, tu en connais des vers de théâtre.

— « *Il y a quelque chose de pourri dans l'État du Danemark.* »[14]

— C'est tout ?

---

[13] Pierre Corneille, *Médée*, acte II scène 5 (1635).

[14] William Shakespeare, *Hamlet*, acte I scène 4 (1594).

— C'est tout.

— Tu n'aimais pas les récitations ?

— Je ne me souviens pas. Mais j'adore ce vers. Il me parle plus que le fameux « *To be* ».

— Qu'est-ce qu'il te dit ?

— Il résonne comme un point de départ, quelque chose qui annonce que ça va changer.

— C'est pourtant un constat plutôt négatif.

— Pas tant que cela. Ce n'est pas l'État qui est pourri, juste quelque chose en lui. Cela ouvre une voie de rémission.

Cameron repose sa cuiller.

— On prend un dessert ?

J'opine. Nous passons commande. Marie-Laure plante une miette dans la pulpe de son index.

— J'aime ton interprétation de cette tirade d'*Hamlet*. Elle est de bon augure.

— Pour ?

— Pour la vie. Pour l'amour. Car imagine qu'il en soit toujours ainsi, que ce ne soit pas les choses, les gens, ou les situations qui seraient intrinsèquement pourries mais juste une petite part d'eux ? Cela signifierait que quand cela ne fonctionne plus, il n'est pas besoin de tout jeter parce que c'est à coup sûr réparable.

— C'est l'idée, en effet. Reste à la mettre en pratique, surtout pour l'amour.

— C'est ce que l'on fait, non ? Regarde, quand il y a un hiatus entre nous, une divergence du quotidien, on ne remet pas la relation en question ou le sentiment ; on sait que l'ensemble n'est pas en cause, que l'on est face à un dysfonctionnement qui n'est pas symptomatique de quelque chose de plus grave.

Si seulement ! Je tais ma remarque. Xiu poursuit.

— N'est-ce pas d'ailleurs le signe que l'amour a atteint sa plénitude ?

Les mots en *ude* vont bien à l'amour ; complétude, béatitude, mansuétude, gratitude, certitude, quiétude, sollicitude… servitude, habitude, platitude, beaufitude ? Je renonce à cette analyse lexicale qui m'amène là où je ne voulais pas et repense à ma fuite dans le froid, fuite à laquelle je n'ai toujours pas trouvé d'explication.

Je dois convenir que notre amour y a survécu. Nicolette aurait-elle donc raison ? Je lui réponds que je partage son analyse, que oui notre amour me ravit tant il sait passer outre ce qui serait susceptible de le pourrir. Aung en rosit d'aise et comble son émotion à grands morceaux de fondant au chocolat. Nous prenons un café à suivre. Nous partageons l'addition puis quittons la brasserie.

Il pleut. Je grimace. Sapphire sort un parapluie. Je m'accroche à son coude et me couvre de ma capuche. Elle me désigne Notre-Dame. Une fois sur les quais, nous les longeons jusqu'à Bastille. Nous descendons sur le port. La pluie s'arrête de tomber. Imogène ferme son parapluie. Je lui propose de rentrer en métro. Je me sens fatiguée. Elle accepte volontiers.

Nous changeons à Place d'Italie. Je trouve le temps long. Je regrette de ne pas avoir emporté un journal. J'essaie de trouver un dérivatif. Rien ne vient. Je me ronge un ongle. Un regard réprobateur me toise. Je lève les yeux de mes envies. Une dame est là, l'air de savoir ce qui est bon pour moi. Cela m'agace.

Je chope une petite peau entre mes incisives et tire d'un coup sec. La douleur m'arrache une grimace. Une perle de sang apparaît. Je suce mon doigt. La dame hausse les épaules. Le métro entre dans notre station d'arrivée. Aricie se lève. Elle ouvre la porte. Nous sautons sur le quai. Je cherche un mouchoir au fond de ma poche. J'en entoure mon doigt. Harriet m'attend en haut des escaliers.

— Qu'est-ce qu'elle te voulait ?

— M'empêcher de me ronger les ongles.

— Elle avait raison.

C'est une conspiration ! Marie me fait une pichenette. Elle rit. Nous arrivons chez moi. Le câlin est immédiat. Il est tendre, avant tout. Cela me suffit. Il est tard. Nous nous mettons au lit.

*

La semaine dernière, je me suis cassé un pivot en mangeant une tarte au citron. La tarte n'y est pour rien. Elle a simplement offert à ma couronne une substance molle où rester plantée. Je ne lui en veux donc pas. Je préfère m'en prendre à ma gourmandise ; elle a bien besoin que je la tempère un peu.

Cela ne marche pas. Elle me conseille plutôt de manger un carré de chocolat en prévision de ma visite chez la dentiste, arguant que le magnésium est très bon pour vaincre la peur. Isabeau m'encourage à son tour. Elle me promet de penser très fort à moi à l'heure dite. Elle part travailler.

Je m'occupe en faisant la vaisselle puis du ménage. C'est l'heure que j'y aille. J'ai le pressentiment que ma dent ne survivra pas à cette visite. J'ai mal au ventre. J'entre dans le cabinet à reculons. La dentiste est formelle : il faut arracher. Elle prépare sa seringue d'anesthésie. L'aiguille me fait peur. Je me tends un peu plus. J'ouvre la bouche. Je ferme les yeux. Je respire par à-coups. L'aiguille pique. Je la sens à peine.

La dentiste me parle doucement. Elle m'invite à respirer par le ventre. J'entrouvre les paupières. Je vois la grosse pince. Je songe à *Marathon Man*. Je me liquéfie. Un peu de sueur humidifie mon front. La dentiste me caresse la joue.

— Tant que vous n'avez pas mal, il ne faut pas avoir peur.

Un déclic se produit, à moins qu'il ne s'agisse du cliquetis de l'instrument d'arrachage. La sentence mérite réflexion. Je m'y concentre. La pince s'active. Je m'en moque. Il y a plus important que de suivre ses évolutions comme se demander si l'on peut considérer que c'est la souffrance qui génère la peur. Autrement dit, quand on a peur, a-t-on peur d'autre chose que de souffrir ?

Chez le dentiste, la réponse est clairement non. Et en amour ? Quand on a peur que la relation ne s'arrête, que l'autre ne parte, que l'amour ne s'effiloche, que les différends ne soient sans issue, que la jalousie ne s'en mêle, que... Quand on a peur en amour donc, de quoi d'autre avons-nous peur que de souffrir ?

Je ne regrette pas cette dent arrachée — ou presque. C'est vraiment intéressant comme manière de poser la question. Cela revient à considérer que l'amour n'est pas en cause dans ma peur d'aimer mais bien que celle-ci est le pur produit de mon incapacité à vivre le manque, l'absence et la perte. Si j'arrive alors, par le culte du sentiment pur, à ne jamais éprouver manque, absence et perte, alors, je ne souffrirai plus et par ricochet, je n'aurai plus jamais peur.

Quelque chose craque dans ma tête. Je prie que la dentiste ne m'arrache pas le cerveau au passage ; j'en ai besoin pour réfléchir encore. Elle brandit un truc sanguinolent au bout de sa pince.

— Et d'une !

Je referme les yeux. La deuxième vient vite. Un coton la remplace. Je n'aime pas le goût du sang dans ma bouche. La dentiste envoie un peu d'eau, aspire et me dit que c'est fini. Je me lève. Elle me donne rendez-vous pour la semaine prochaine. On se serre la main. Au moment où je vais pour sortir, elle m'arrête.

— Il faudra songer à mettre un appareil. C'est important pour la mastication.

Je blêmis. J'ai 43 ans. Je me vois mal porter un dentier. Je fuis. Une fois sur le trottoir, j'envoie un texto à Firmine.

« Tu m'aimeras encore si je porte un dentier ? »

La réponse tarde. J'ai envie de pleurer. Je suis une vieille peau. Je me sens flasque. Mes jambes me font mal. Je soulève le bas de mon pantalon afin de vérifier que je n'ai pas de varices. Ce serait le comble, non, des varices ? Mes mollets sont poilus. Cela ne m'a jamais gênée, Clarisse non plus.

Pourquoi ce serait pire avec des varices ? Je ne sais même pas à quoi cela ressemble, les varices. J'imagine un truc pas beau à voir, avec du sang pas loin de la peau, quelque chose prêt à exploser en permanence. C'est comme les dentiers, c'est synonyme de vieillesse.

Je bois un peu d'eau. Je m'imagine en train mettre mes dents dans un verre avant d'aller au lit. C'est radical. Je pleure. Mon portable vibre.

« Oui ! Tu viens déjeuner avec moi ? »

Je trouverai bien un truc mou à manger. Je lui réponds par l'affirmative. J'avale deux cachets de paracétamol et me rue dans le métro. Souria m'attend dans la brasserie près de son bureau où nous avons nos habitudes.

— Tu as mal ?

— Non. C'est juste désagréable.

Le plat du jour est une poule au pot servie avec du riz. C'est parfait. Marie-Victoire passe notre commande. Son index caresse le dos de ma main.

— C'est quoi cette histoire de dentier ?

— Une idée de ma dentiste qui veut que je mastique bien.

— Il te manque combien de dents ?

— En bas, trois de suite.

— Tu sais que ce n'est pas un dentier quand il manque trois dents ?

— C'est quoi d'autre ?

— Un appareil que l'on garde en permanence.

— Ce n'est pas très différent.

— Tu es sûre ?

Le garçon apporte nos plats. Je profite de la diversion pour ne pas répondre. J'ai tort ; je le sais. Il n'empêche, je n'ai pas l'âge pour ces choses-là. Caroline dépouille sa poule. Elle pousse la peau dans un coin de son assiette.

— Pour répondre complètement à ta question, tu ne serais plus qu'un tronc, je t'aimerais encore.

Je rougis. Elle avale un morceau de poule. Je dépiaute la mienne.

— Tu admets donc que ce denti… cet appareil est une mutilation qui…

Olivia manque de s'étrangler.

— Une mutilation !? Non, justement, la mutilation c'est d'arracher une dent. Là, on met une prothèse qui pallie ladite mutilation.

— Cela stigmatise.

— Mais tu as déjà des fausses dents.

— Ce n'est pas pareil ; elles sont fixes.

— Je ne vois pas la différence.

— La différence, c'est que le soir en me couchant, je vais poser mes dents sur la table de nuit.

— Tu peux les mettre dans la salle de bains, aussi.

Cela ne me fait pas rire. Marie-Françoise s'excuse. Elle cherche à comprendre. Je tente de lui expliquer que j'ai peur de vieillir, d'être moche, qu'elle ne me désire plus, que… Joyce s'emporte.

— Quelle image as-tu de la vieillesse !? Bien sûr que l'on perd en élasticité de la peau et en capacité physique. Et alors ? Tu crois que je t'aime car tu as la peau des fesses bien rose et bien tendue ?

— Oui.

J'ai dit ça en arborant une mine penaude. Venus repose sa fourchette.

— Tu vas voir, ce soir, si elle est si tendue que ça la peau de tes fesses !

Le garçon nous retire nos assiettes. Il égrène les desserts du jour. La tarte aux pommes l'emporte avec deux cafés, s'il vous plaît. Sabine étreint ma cheville droite de ses deux pieds.

— J'ignore pourquoi je t'aime mais un appareil dentaire n'y changera rien.

J'ai envie de pleurer. Je me retiens. Antonella doit repartir travailler. J'y vais aussi. En route, je lui envoie un texto afin de lui signifier tout mon amour. Elle ne répond pas. Je doute déjà du sien.

Cela m'effraie. Je voudrais être capable de plus de certitudes. Comment se forger une certitude sur le sentiment de l'autre, sentiment sur lequel on ne peut rien ? Peut-être par la confiance… ? *Ne pas avoir peur* ; la sentence revient. Je n'y suis pas encore. Je veux m'y appliquer.

Je m'arrête chez un épicier arabe. Je prends cinq nounours en chocolat. Mon palais s'en régale. Je mange trop vite ; les nounours ne sont déjà plus. Il est hors de question que j'en achète de nouveau. J'ai déjà dépassé la dose de sucre que je m'autorise. C'est pourtant si bon, les nounours en chocolat, et cela a un tel pouvoir réparateur !

J'ignore l'épicerie qui me fait de l'œil sur le trottoir d'en face. Je suis capable de résister. Je me colle un cure-dents entre les incisives. Je pense très fort à Soizic. Ça marche.

J'allonge le pas. Je fredonne. Mon bureau se profile à l'horizon. J'y passe l'après-midi sans trop me soucier du reste du monde. Mirflet m'appelle pour une pause café. On le boit chacune d'un côté de la ligne, elle dans un gobelet qui brûle les doigts, moi dans un mug.

On échafaude des plans pour la soirée et le week-end à suivre. La météo prévoit du beau temps. Tara suggère que nous prenions un train et allions marcher au bord de la mer. Deauville ? Nous trinquons, porcelaine et plastique contre combiné. Je propose à mon tour de regarder s'il n'y aurait pas une chambre d'hôtel à prix raisonnable. Émilie lance son gobelet en direction de la poubelle.

— Je te laisse faire ; je suis en réunion jusqu'à 18 heures 30.

On s'embrasse. Je pose ma tasse devant l'écran de mon ordinateur. J'appelle notre voyagiste. Mon interlocuteur me promet de me faxer une proposition de réservation avant 18 heures. Il tient sa promesse. Je lui renvoie la télécopie signée avec mon numéro de carte bancaire. Je récupère les horaires de train sur le Net.

L'affaire est faite. J'envoie un texto à Nolwenn. J'éteins mon ordinateur. Je rentre. En route, j'achète de quoi préparer une assiette de crudités. Je la prépare. Laurine ne devrait pas tarder. Je jette quelques affaires dans un sac. Je range un peu mon appartement. Nous mangeons dès qu'elle arrive.

Je n'aurais pas dû choisir des crudités ; ce n'est pas facile à manger avec une dent fraîchement arrachée. Je mets un temps infini. Valérie fait mine de n'en rien voir. Nous décidons de dormir chez elle ; elle est plus près que moi de la gare Saint-Lazare et il faut de toute façon qu'elle prenne quelques effets.

Elle fait la vaisselle pendant que je boucle mon sac. Dans le métro, un homme invective les passagers. Il a l'air ivre. Ce que je crains le plus, c'est qu'il ne me vomisse dessus. Nous changeons de voiture.

La nuit est courte. Le train part à l'heure. Il arrive avec dix minutes de retard. L'hôtel est charmant. La plage est égale à elle-même. Nous évitons le centre-ville et ses boutiques de luxe. Je fais jurer à Oume de m'interdire l'entrée du casino.

— Pourquoi ?

— Quand je m'y mets, je ne sais plus m'arrêter.

— Tu ne m'avais jamais dit.

— Je ne t'ai pas encore tout dit !

Elle prend une mine faussement marrie.

— Que me caches-tu d'autre ?

— Que j'ai un grain de beauté dans le pli derrière la cuisse gauche.

— Ah ! ça ; je l'ai vu.

— Et tu ne me l'as pas dit.

— J'ai dû oublier.

C'est mon tour de faire la lippe. Cunégonde m'attrape par le cou. Je me débats. Elle me fait un croche-pied. Nous roulons dans le sable. Il est humide. On s'en moque. C'est trop bon de jouer aux gamines amoureuses. Nous rions fort. Un chien tente de se mêler à notre bagarre. Sa maîtresse le rattrape et le gronde.

L'intrusion nous a refroidies. Nous nous remettons debout puis nous époussetons mutuellement. On s'embrasse. Le chien jappe. La maîtresse le gronde encore. Nous leur tournons le dos puis marchons un long moment en silence, plus d'une heure, je pense. Un vent léger nous dispense une bonne dose d'iode. La mer se retire. Nous ne la suivons pas.

Nous sommes en vue de Villiers-sur-Mer. Un gigantesque dinosaure taillé dans une haie nous accueille. Nous faisons le tour de la petite ville côtière. L'après-midi est déjà bien avancé. Nous repartons dans l'autre sens et arrivons à notre hôtel fourbues. Le bain nous ramollit un peu plus. Je m'effondre sur le lit. Sikhelele me tire par les pieds. Je dois me lever ; elle a faim. Moi aussi.

Le patron nous conseille un restaurant de poisson. Nous nous y présentons de sa part. On nous offre l'apéritif en nous donnant le choix entre alcool et jus de fruits. J'apprécie. On nous apporte nos boissons avec une carafe d'eau et de délicieux canapés au haddock. Le reste du repas est à l'avenant. L'addition est raisonnable. Rien à dire.

Nous rentrons en faisant un détour par la plage. Le ciel est magnifique. Le ressac bat au rythme de nos cœurs ; à moins que ce ne soit l'inverse. Je m'en moque. Le romantisme de cette nuit sans lune sied à mes interrogations sur l'amour ; il les apaise, et moi avec. À cet instant, je sens que je n'ai plus peur. Rien ne peut venir gâcher mon bonheur, ni un tsunami, ni la mort subite d'Évelyne. J'y crois. C'est l'essentiel.

Il est tout de même étrange de penser que mon bonheur survivrait à sa mort. Mon bonheur ou mon amour ? Le second, c'est certain. Le premier ? Marie-Louise me montre la lumière d'un phare qui clignote dans la nuit. Je m'y concentre. Je n'ai pas envie de partir dans des conjectures sur les conséquences affectives de la mort subite de l'être aimé.

Bien sûr que j'en serais affligée. Bien sûr que tout s'effondrerait. Bien sûr qu'il me faudrait un sacré moment pour m'en remettre. Alors pourquoi prétendre le contraire ? Parce que je voudrais que mon amour de Lorraine me dispense de souffrir, quelles que soient les circonstances. C'est objectivement impossible. Alors pourquoi j'y aspire ?

Il est temps que nous allions dormir. Rosalie est d'accord. Elle fredonne. Je ne me mêle pas à son chant. J'essaie toujours de comprendre ce que j'attends de l'amour derrière mes allégations faraudes et/ou rebattues. Je suis en quête de sincérité. Je me presse contre June sous les draps. Son souffle se raccourcit. Nos corps s'emmêlent.

Je m'endors repue. Mum-Zi commande le room service vers 9 heures. Les croissants sont délicieux. Le café l'est moins. Je ne bois pas mon jus d'orange ; cela me donne des aigreurs d'estomac. Je vais dans la salle de bains. N'est-ce pas aimer qui en fin de compte me fait peur ? Aimer. Tout simplement aimer, parce que j'ignore ce que cela veut dire, parce que j'ai cru aimer un jour et que je me suis trompée.

L'idée m'apparaît dans un éclair alors que je me brosse les dents. Je rince. Je reste quelques instants le regard fixe, abasourdie. Oui, je me suis trompée. J'ai cru qu'aimer c'était comme dans un film de série B : cela devait aller vite, mener au septième ciel et n'aboutir qu'à la souffrance. C'est de cet aimer-là dont j'ai toujours peur, de mon incapacité à aimer autrement.

Dans ce cas, comment puis-je prétendre ne plus avoir peur puisque je suis seule responsable de ma façon d'aimer et que je me sais ô ! combien capable de m'infliger les pires épreuves à motif sentimental ? C'est l'impasse. J'ignore comment sortir de cette spirale où se combinent amour, peur et souffrance. Je me lave la figure. Régine entre et me colle une main au derrière.

— Et là, tu ne laves pas ?

— Je te laisse faire.

Elle s'exécute. Une fois son office terminé, elle sort. La garce ! ce n'est pas gentil de me laisser ainsi, fesses à l'air. April rigole. Je lui fonce dessus. Nous atterrissons dans le lit. Notre promenade en bord de mer est reportée à dans deux heures. Nous confions nos bagages au patron de l'hôtel. La journée passe trop vite. Nous sommes en avance à la gare. Nous nous asseyons sur un banc. Rentrer ne nous attriste pas. Le train part. Nous sommes dedans.

*

Chaque fois que je me brosse les dents, je pense à mon futur appareil. Je n'en dis rien à Anne-Lise ; je ne veux pas qu'elle me gronde. Elle aurait raison de me rappeler l'incohérence de mes pensées. Je coupe l'eau puis me prépare à sortir en songeant aux courses que je dois faire. J'ajoute quelques articles à ma liste. Je sors.

Je croise une voisine à la boulangerie. On échange quelques mots sur le temps qu'il fait et l'ascenseur qui est encore en panne. Elle me suggère d'acheter une brioche pour manger avec le café ; elle me garantit qu'elles sont délicieuses. Je la crois. Je rentre avec ma brioche. Sade applaudit l'initiative. Elle m'aide à déballer mes emplettes.

— Je voudrais aller m'acheter un ordinateur.

— Là, comme ça ?

— J'y pense depuis un moment.

— Tu ne m'en avais pas parlé.

— Je croyais.

Je me sens blessée. C'est imbécile. Driss ne tient pas compte de ma moue. Elle me demande si je veux l'accompagner.

— Avec plaisir !

L'incident est clos.

*

Keito n'est pas morte. Elle est là, devant moi. Elle me sourit. Elle est belle. Cela veut dire quoi, « être belle » ? Cela veut dire qu'elle me plaît, que je suis heureuse près d'elle, que je suis bien, que je l'aime. Tout simplement, j'aime Marie-Madeleine. Elle plisse les yeux. Elle est encore plus belle. Il n'y a pourtant pas de rapport entre mon amour et le fait qu'elle ait les yeux plissés.

Eh bien si, il y a un rapport : un rapport amoureux, soit une savante alchimie entre désir et amour, envie et besoin. Tiens donc ? En quoi l'amour tiendrait-il du besoin ? Il y a le besoin d'aimer, aussi vital que celui de manger, dormir ou respirer. Il y a le besoin de l'autre… dont la perte ne devrait pas m'atteindre.

Irma n'est plus là ; elle est partie déjeuner chez ses parents. Nous sommes dimanche. Cette obligation filiale nous prive de notre promenade. Ne puis-je pas y aller seule ? Je le peux. Est-ce que je le veux ? Non. Je n'ai pas envie de me plonger dans de nouvelles introspections. Je n'ai pas besoin de marcher pour cela. Dommage.

À quelle heure revient Frédégonde ? Elle m'a dit « Pas avant le goûter. » J'enfile une paire de chaussettes. Je vais dans la cuisine ; j'en ressors avec un mug de café. Mon portable m'annonce un texto. Je me précipite. Il ne peut s'agir que de Jacinthe.

« Je me suis cachée aux toilettes pour t'envoyer des baisers. »

J'adore. Je lèche la goutte de café qui coule sur le bord de la tasse. Je réponds à Adrienne dans la foulée. Je lui écris quoi ? C'est sans importance. Je fais un brin de vaisselle. Je m'ennuie. Anne-Josèphe me manque. Cette association entre son absence et mon ennui m'agace. Elle est pourtant incontournable.

Je passe un coup d'éponge sur le plan de travail. Je jette l'éponge dans l'évier. Elle rebondit sur le bord. Je la regarde effectuer son looping avant de la ramasser. Je m'ennuie vraiment. Michiko me manque encore plus. Mon agacement monte d'un cran. La salle de bains en prend pour son grade : pas une once de tartre ne me résiste, ni une trace de dentifrice ou de savon sur le lavabo.

J'astique aussi fort que je rumine, autant contre l'idée que mon ennui serait lié à l'absence de Zara que contre mon incapacité à m'accommoder d'un amour qui serait synonyme de dépendance. Oh ! le vilain mot : *dépendance*. Qu'est-ce que je ne l'aime pas ! Et pourquoi ça ? Parce qu'il s'oppose à l'autonomie. Je veux être libre et je ne conçois pas la liberté hors l'autonomie. Moi qui ne voulais pas laisser mon esprit divaguer.

Je range mes chiffons et sors fer et table à repasser. Je tire la corbeille de linge à mes pieds. Je n'allume pas la radio, ni la télé : j'ai assez de ma bande-son intérieure. J'essaie de comprendre en quoi mon envie, mon besoin, de la présence d'Apollonie seraient une atteinte à mon autonomie. Envie ou besoin ? Je ne sais pas distinguer les deux, comme si la première se commuait immédiatement en le second.

J'entrevois déjà le sourire malicieux d'Aliénor et son commentaire sagace sur mon aliénation à la toute-puissance. C'est acquis. Je suis dans la toute-puissance, surtout quand il est question d'amour. Non seulement je veux que Desdémone m'aime mais j'exige qu'elle soit là quand je veux, pour ce que je veux.

C'est dit. Je peux donc passer à autre chose comme rendre conciliables ma liberté et mon attachement. Je le fais tous les jours. Je voudrais en poser les bases théoriques. J'envoie une salve de vapeur sur le col d'une chemise. J'appuie. Je respire. Le fer bute sur un bouton. Je vis. J'aime.

Peut-on vivre sans aimer ? J'en suis incapable. J'installe la chemise sur un cintre et récupère un pantalon. Je troque le fer contre mon téléphone portable. Je ressens un besoin compulsif de dire mon amour à Romane. Je rédige un texto. Je l'envoie. J'attaque le pantalon. J'étale d'abord les jambes à la main, je les lisse puis lance le fer à l'assaut des plis. Il remplit son office à merveille. Mariette ne répond pas. J'envoie une nouvelle salve de vapeur pour aplatir la ceinture du jean. J'en ai déjà marre de repasser. J'ai envie d'aller marcher.

Je bâcle le pantalon. Je le range sur un pince-jupe puis le suspends à côté de la chemise, fais bien attention de débrancher le fer, laisse la table en plan, chope mon blouson et sors.

J'hésite sur ma destination. Je laisse mes jambes décider, comme si elles étaient autonomes par rapport à mon cerveau. Je ris. Je mets mes mains dans mes poches. J'avance, un pas, puis l'autre, ni trop vite, ni trop lent. Je progresse. Dans quelle direction ? Je m'en moque. Mon portable sonne. Je décroche.

— Oui ?

— C'est moi. Tu es où ?

Je jette un œil alentours.

— À cent mètres du square derrière chez tes parents.

— J'arrive !

On ne s'embrasse pas. Je le regrette. Nous entrons dans le square. Notre banc est libre. Je m'y assois. Ashley m'y rejoint. Cette fois, on s'embrasse mais pas sur la bouche ; on pourrait nous voir. Qui on ? Je l'ignore. C'est comme ça. Marjorie me demande comment je suis arrivée là.

— Le hasard.

Personne n'y croit. Aliette dit avoir rêvé toute la journée d'un câlin. Nous reprenons la direction de chez moi. Les rues se succèdent. Quelque chose corrompt ma joie. Je cherche quoi. Tout va bien, non ? À part cette histoire d'autonomie et de dépendance, tout va bien. Je ne veux pas garder le dilemme pour moi.

— Cela te choque si je te dis que j'ai de plus en plus de mal à me passer de toi ?

Marine marque un arrêt. Elle repart. Mon cœur accélère. Je me rends compte du poids de ma question. Son pas s'est allongé. Je trottine à sa suite. Elle ouvre la bouche. Je me fige.

— Ce qui me choquerait serait le contraire.

Et paf ! Je me dois de rebondir.

— Tu n'as pas peur d'être dans la dépendance ?

— Non, je n'ai pas peur de vieillir.

Sa réponse me laisse coite. Quel est le rapport ? Griselda rit.

— Souviens-toi de notre conversation à propos de ton appareil dentaire.

Je ne veux pas me souvenir. Je m'appuie sur son bras. Je n'aime pas la manière dont elle vient de me renvoyer dans mes buts. Mes *buts* ? Quel est, en effet, l'objectif ? J'ai envie de vieillir avec Marilou, me poser, là, près d'elle, que notre amour soit un havre de paix, un refuge… et un espace de liberté.

Nous arrivons à destination. J'en suis ravie. Mon esprit a besoin que la chair s'épanouisse. Je veux croire en la plénitude. Je ne veux pas me construire sur le manque. Je pose ma main sur les fesses d'Alyestère. La fusion s'accomplit. La jouissance nous mène à l'heure du dîner. On s'affaire. Je range mon repassage pendant qu'Heidi me raconte son déjeuner en famille.

Son père a fait des siennes : il l'a asticotée afin qu'elle lui dise au moins le prénom de « *son* » chéri. Elle a tenu bon jusqu'au dessert, arguant qu'elle ne souhaitait rien dévoiler de sa vie privée. Là, elle a craqué : elle s'est mise à pleurer. Son père a caché son malaise en la traitant de mauviette. Sa mère est intervenue. C'était un vrai psychodrame. La voix d'Aziza trahit son émotion.

— Cela me rend triste et je m'en veux de ne rien lui dire car je me place moi-même dans cette situation.

— Je ne suis pas d'accord : il est aussi responsable du fait que tu ne le lui dises pas et rien ne l'autorise, en tout cas, à te traiter de mauviette !

— Il fait ce qu'il peut.

— Au risque de te blesser ?

L'argument porte. Tiphanie a les larmes aux yeux.

— C'est mon père.

— Et ?

— Je ne sais pas.

Je n'insiste pas. Yasmine pleure sans bruit. Je la berce. Sa souffrance m'est insupportable. Si cela ne tenait qu'à moi, j'irais lui casser la gueule à son père, lui dire ma façon de penser, qu'il n'a pas le droit de pourrir la vie de sa fille, que c'est un malotru, que… ! Je refoule ma colère. Eugénie n'a pas besoin de ça.

Elle laisse ses larmes couler. Je la berce encore. Je voudrais tant qu'elle soit heureuse. Je n'y peux rien. Je suis là, juste là. Elle se pelotonne un peu plus. J'en profite aussi. Je lui propose une tisane. Nous la buvons au lit. Une journée vient de passer. Je m'endors avec l'envie de la suivante. Le réveil nous fait sursauter. Nos obligations professionnelles nous emportent.

Nous nous retrouvons le soir. Mon besoin d'être près de Paule est de plus en plus prégnant. J'ai besoin de sa chaleur, de la sentir là, tout contre moi. Le canapé s'y prête bien ; une soirée télé s'annonce. N'est-ce pas un peu beauf comme programme du soir ? Je conteste aux beaufs le monopole du canapé-télé ! C'est trop confortable. Nous rions.

Le scénario du téléfilm est cousu de fil blanc. Cela ne nous empêche pas de frémir quand l'héroïne est en danger. Ouf ! elle est sauve. C'est l'heure d'aller au lit. Puis vient celle de se lever de nouveau pour aller travailler. C'est ça, la vie ? Je démarre mal ma journée si je me plonge dans une réflexion sur le sens de la vie. Je rumine.

Nous sommes mardi : tout s'explique. Je ne verrai pas Mauricette ce soir et il y a de quoi me mettre officiellement de mauvaise humeur puisque ma dépendance est maintenant avérée. Je l'appelle sur son portable. Je lui demande si l'on peut se retrouver après sa chorale. Yan Yan est ravie de ma proposition. Elle viendra chez moi.

Le dernier rempart de ma liberté vient de sauter. J'éclate de rire : devrait-on enfermer la liberté pour la garantir ? C'est un comble. Un de plus. La journée passe vite. Nos retrouvailles sonnent juste. Nous fomentons un projet de promenade pour le lendemain. Je me sens d'humeur joyeuse. Mieux, je me sens sereine. Au détour d'un square, Rosine gratte l'énorme bouton qui illumine son menton.

— Tu ne devrais pas le toucher.

— Il fait trop mal, je dois le vider.

— On le fera en rentrant, avec un gant chaud.

Éthel sort un mouchoir en papier de sa poche et absorbe le liquide qui suinte. J'aperçois une pharmacie. Sans lui demander son avis, j'entre et achète un antiseptique *ad hoc*. Je lui donne le flacon. Ermengarde fait la lippe.

— J'ai désinfecté ce matin.

— Excuse-moi, je ne veux pas te blesser.

— Je sens bien tes reproches.

— Mes reproches ?

— Oui. Tu penses que si je me lavais mieux je n'aurais pas de boutons. Tu as tout faux ; c'est à cause de mes règles.

— Je n'ai jamais rien dit ou pensé de tel.

— Si. Ça se voit.

— À quoi ?

Je me suis arrêtée. Séraphine fait trois pas puis me rejoint.

— C'est moi qui le pense.

— Ah !

— Et j'ai honte de ce truc immonde qui me défigure et m'empêche de te faire des câlins.

— Il ne te défigure pas.

— Menteuse !

Lorelei a dit ça avec un sourire triste.

— Peut-être que ton médecin pourrait te proposer un traitement qui éviterait trop de récidive.

— Je ne vais pas aller chez le médecin juste pour un bouton.

Nous reprenons notre marche. Nous faisons halte à un feu. Nilüfer récupère le flacon qu'elle a mis dans sa poche. Elle en verse un peu sur un mouchoir. Elle tamponne. Le feu passe au vert. Nous traversons. Sonia tourne son visage vers moi.

— C'est comment ?

— Tout rouge.

— Y a-t-il un point blanc ?

— Un tout petit.

Mollie tamponne encore. Un silence s'installe. Je sens qu'elle veut me dire quelque chose. Je la laisse venir, en souriant. Elle tamponne, examine le mouchoir et le range dans sa poche.

— Quand on s'aime, on est obligées de parler gros boutons ?

— Cela te gêne ?

— Oui, je crois. C'est un peu dégueulasse.

— Pas plus que mes histoires de dentier.

— Ce n'est pas pareil.

Je m'écarte pour laisser passer un monsieur et son chien. Olympe récupère ma main.

— Ton appareil dentaire n'a rien de dégueulasse.

— Tu dis ça parce que tu n'as pas vu ce qu'il y a dedans quand je l'enlève.

— BEURK !

— Tu vois !

— Je rigole.

— Tss… ! Et pour en revenir à ton gros bouton, la seule chose qui me déplairait, c'est que tu ne le soignes pas.

— Promis.

Je l'embrasse derechef. L'exercice est périlleux. Nous vacillons. Wanda se rattrape à un horodateur. J'en profite pour appuyer mon baiser. Nous le savourons dans un soupir. Je m'écarte. Eulalie s'est empourprée. Son bouton paraît moins rouge. Nous repartons.

Nous entrons dans le Luxembourg. Nous cherchons deux chaises où nous asseoir. Il y a du monde. Nous jetons notre dévolu sur un banc déjà occupé par une dame. Notre baiser l'effraie. C'est ce que nous espérions. Je pose ma tête sur l'épaule de Catherine. Je ne regarde rien. Je savoure le rayon de soleil qui réchauffe mes joues. Martine fredonne. Son chant me berce. Ses doigts cajolent le dessus de ma main. C'est bon.

Je songe que cet instant au soleil sur un banc du Luxembourg n'est pas grand-chose à l'échelle de la passion amoureuse. Peu me chaut la passion amoureuse ! Je me repais du quotidien et tant pis si ce que je vis n'atteint pas l'immortalité des mélos qui peuplent les rayons des bibliothèques et les séances de ciné-clubs.

Je ne veux plus d'un amour qui vire au drame. Je ne veux plus souffrir. Je suis en train d'apprendre à savourer la moindre seconde de bonheur, comme si l'amour, en fin de compte, était ce qui me permet de prendre la mesure de ce qui paraîtrait dérisoire à n'importe quel roman sentimental.

J'aime Clymène et son bouton sur le menton. Je suis bien dans ses bras, là, à ne rien dire, pour le seul bonheur d'être posée, sereine, apaisée. À cet instant, oui, je n'ai plus peur. Et dans l'instant suivant ? Il serait vain d'anticiper. Ce serait surtout risquer de gâcher le plaisir de cette brise qui dépose une feuille sur mes genoux.

Je me saisis du présent. Je l'offre à Tahiapehiani. Elle m'en remercie, l'embrasse et rend la feuille à la nature. Si je devais penser cette situation, je me trouverais niaise. Il faut que j'arrête avec mes rêveries d'enfant. La brise se rafraîchit. Adeline suggère que nous reprenions notre marche. Je la suis en direction de la Seine via l'Odéon.

*

Nous rejoignons l'Hôtel de ville. Albane a rendez-vous avec une amie. Elle m'abandonne. J'ai une heure devant moi. Je sens déjà monter la morosité, comme si l'amour-quiétude me plongeait dans la mélancolie alors que j'ai la preuve qu'il n'est pas dépourvu d'envie. Peut-être mon abattement est-il le produit du renoncement en cours, renoncement aux clichés et aux images d'Épinal ?

Satanée culture ! Elle va jusqu'à corrompre le bien-être quand celui-ci s'éloigne du modèle dominant. La réalité du gros bouton contre le mythe du prince charmant : voilà de quoi alimenter bien des chagrins tant le second est prégnant jusqu'à nous faire passer pour des imbéciles si nous aspirons au premier.

La rue de Rivoli accueille mon début de colère : je veux me battre contre la dictature de l'amour-passion. Je commence par quoi ? Le rayon lingerie du BHV s'impose. J'y trouve les culottes que porte Line emballées dans une boîte rouge en forme de cœur. J'achète. Au rayon papeterie, je me prends deux stylos. Je reviens à l'air libre.

Je regarde l'heure. Il me reste vingt minutes à tuer. Je marche jusqu'aux quais. Je m'accoude au parapet du pont d'Arcole et observe le passage des bateaux-mouches. Mon portable vibre. Joan veut savoir où je suis. Elle me rejoint. Elle se fond avec moi dans le cours de l'eau. « *Les mains dans les mains restons face à face / Tandis que sous / Le pont de nos bras passe / Des éternels regards l'onde si lasse.* »[15]

Ah ! poésie. Je succombe et plonge en l'amour comme en la Seine je me noierais. Jocaste nous ramène chez elle. J'ai envie de quelque chose d'humide et chaud, et qui sente bon. Éponine me fait couler un bain. Muse m'y rejoint. Nous jouons avec la mousse. L'eau refroidit. Nous sortons. Je grelotte. Safiatou m'enroule dans son peignoir. Nathalie me frictionne. Je me réchauffe. Je m'habille. Séverine a déjà quitté la salle de bains.

*

Nous parlons de notre week-end. Nous pourrions louer des vélos et trouver une route qui nous mène à la campagne. Nous ignorons où louer des vélos. Nous ne savons pas bien où se trouve la campagne. Nous irons explorer le bois de Boulogne. Je n'y suis jamais allée, Carine non plus.

*

Marie-Antoinette se lève la première. Les courses pour le pique-nique sont faites quand elle me tire du lit. Je déjeune. Je m'habille. On est parties. Nous avançons en métro jusqu'à la porte Dauphine. Nous entrons dans le bois. La verdure me va bien. Elle me conforte dans l'idée que je suis définitivement conquise au bien-être de la seule présence de Marguerite.

L'herbe est trop humide pour que nous nous y installions. Nous déjeunons sur un banc. Il fait frais. Nous repartons très vite. Je ne doute plus, ni de mon amour, ni de celui de Thelma. N'est-ce pas un peu ennuyeux ? Je n'ai plus de questions. Je n'ai pas de réponses. Je suis dans un état que je peine à qualifier mais qui s'apparente à de la satisfaction.

Je flotte, sur le dos ; je fais la planche. Je regarde le ciel. L'eau clapote autour de moi. Je respire en silence. Un courant m'emporte à petite vitesse vers je ne sais où. Et cela ne fait pas peur. Par contre, si je me remets sur le ventre, je vais devoir nager, avancer par moi-même. Je n'ai plus envie de ça. Alors je reste là, aux côtés de Lucrèce, là, floc-floc.

---

[15] Guillaume Apollinaire, « *Le Pont Mirabeau* » *in* : *Alcools* (1912).

C'est bien mou, tout ça. Ce n'est pas si banal. Nous avons terminé notre exploration du bois. Nous rejoignons Paris en visant le sud du 16e arrondissement. Je savoure toujours mon état de bien-être près d'Aurore. Je la laisse guider mon corps, l'emplir de sa tendre présence. Je lui confie ma chair. Et mon âme ? Que vient faire ici l'âme ?

La question de nouveau m'éloigne de Jasmine. Je la refoule. Je veux que mon sentiment fasse corps avec ma chair et qu'Ava en soit dépositaire. Je suis en phase de fusion. Et Anne-Valérie, à quoi pense-t-elle ? Je l'ignore mais cela ne l'a pas éloignée de moi. Nous avons marché en silence. Nous sommes déjà porte de Versailles. Je trébuche contre un pavé abandonné par le chantier du tramway.

— Aïe !

Ting Ting me rattrape. Je boite un peu ; mon pied a cogné fort. Sylvie me soutient. Nous faisons halte dans une brasserie. J'ai envie d'une cigarette. Je me rabats sur un café. J'en ramasse l'écume avec ma petite cuiller. Euphrasie trempe un sucre dans le sien. Elle me demande des nouvelles de mon pied. Je remue les orteils à l'intérieur de ma chaussure.

— Ça a l'air d'aller.

— On rentre en métro ?

— Non. Profitons encore du soleil.

Je paie nos consommations. On sort. La devanture d'une boulangerie me fait de l'œil. Je ne cède pas à la tentation. Je voudrais perdre cinq kilos.

— Cela te dirait que nous fassions un peu de sport ensemble ? J'aimerais m'ajouter une séance par semaine.

— Tu penses à quoi ?

— Piscine ; course ; ou même un nouveau sport. En club, pourquoi pas. C'est toi qui dis.

Nous traversons la rue de la Convention. Trisha me soutient toujours.

— Je pourrais me mettre à la course. J'aimais bien, au lycée. Par contre, tu vas devoir être patiente, le temps que je te rattrape.

— Je cours sur un circuit ; il ne sera pas difficile de nous accorder.

Nous ne sommes plus très loin de chez moi. Brigitte fait chauffer de l'eau pour un thé. Je me déchausse dans le salon. Je m'étire. Cela craque quelque part le long de ma colonne vertébrale. Ortrum se déchausse à son tour.

— Thé vert ou thé à la vanille ?

— Thé vert, cela permet d'éliminer.

Elle retourne dans la cuisine. Je m'effondre dans le canapé. Kiki m'y rejoint. Le thé est trop chaud. On attend qu'il refroidisse. Je m'adosse à l'accoudoir et Sally à ma poitrine. Je referme mes bras. Sa tête épouse le creux de mon épaule. Nos jambes s'emmêlent. Nous ne bougeons plus. Mercédès soupire.

— Comment ai-je pu me passer de ça toutes ces années ?

— Ça ?

— Oui, toi, l'amour, nos promenades, le thé sur le canapé…

Je suis touchée par cet aveu.

— Quelque chose que l'on ne connaît pas ne manque pas.

Ma réplique est bateau. Elle semble convenir à Bertille. Je me trompe. Elle repose sa tasse.

— Si l'on admet cela alors on dénie l'espoir.

— Comment ça ?

— Eh bien… Je ne sais pas ce que serait vivre avec toi ; mais cela me manque, parfois.

Je déglutis.

— Ce n'est pas pareil. Quand je faisais référence à ne pas connaître, c'était jusqu'à ignorer l'existence de la chose. Autrement dit, pour l'exemple que tu prenais, ç'aurait été ignorer qu'il fût possible que nous vécussions ensemble.

— Jolis subjonctifs !

— Merci.

— C'est aussi ce que j'aime quand nous parlons, ton respect de la concordance des temps.

C'est du lard ou du cochon ? Le sourire de Béatrice m'indique que c'est du lard. Nous rions. Nous grognons. Nous nous embrassons. Nous buvons chacune notre tasse de thé. Nous en prenons une seconde. Le soir tombe. Je me lève remettre de l'eau à chauffer. Je reviens avec la théière bouillante. Je nous sers. Brenda me remercie.

— Tu t'es bien gardée de relever mon exemple, tout à l'heure.

— Lequel ?

Elle sourit.

— Devine.

Je feins l'ahurissement. Jeannine n'est pas dupe ; elle me mord le bout du nez. Elle glisse ses mains sous mon pull et cherche à embrasser mon ventre.

— Alors ? Tu as trouvé ?

Ses baisers redoublent. Je glousse.

— Non ! non !

— Non quoi ?

Je me trémousse. Ulrike augmente ses chatouilles. Je n'en peux plus. Je cède.

— Oui !

— Enfin.

Les baisers cessent. Je reprends mon souffle. Alla me défie du regard. Je ne peux me dérober.

— Tu veux savoir si j'ai envie de vivre avec toi ?

— Hum ! hum !

— Je ne sais pas.

Ma réponse assombrit les yeux de Romarine. Je ne lui laisse pas le temps de surenchérir.

— Je n'ai pas changé d'avis depuis que l'on en a parlé : j'en ai toujours envie mais j'ignore si ce serait bien.

— Bien pour quoi ?

— Pour nous ; pour l'amour. J'ai peur que cela ne tue la relation, ne gâche notre plaisir.

— J'ai le même genre de peur mais je me demande si ce n'est pas un peu idiot de se priver de quelque chose dont on a envie juste parce que l'on en craint les conséquences sans pouvoir réellement les évaluer.

— Non, c'est logique.

— Pas tant que cela. Car comment savoir si la vie ne sera pas mieux après ?

— *On sait ce que l'on perd ; on ne sait pas ce que l'on gagne*.

— Tu te rends combien les dictons populaires nous imposent leur dictature intellectuelle ?

Une pointe de colère s'est mêlée à la voix d'Amélie. L'une de ses joues — la droite — s'est légèrement empourprée.

— Alors chiche !

J'ai dit ça sans réfléchir. Adèle me dévisage.

— Ne doit-on pas tourner dix fois sa langue dans sa bouche avant de parler ?

— Je crois que c'est sept.

— Dix… sept… Ne chipotons pas. Tu maintiens ton « Chiche ! » ?

— Je maintiens.

— Tenu ! Mais j'y mets une condition : on évite les dictons populaires.

— Qu'est-ce qu'ils t'ont fait ?

— Ils pensent à ma place ; je n'aime pas ça. Et je veux d'un amour qui nous appartienne et qui ne reproduise ni les usages ni l'ordre établi.

Norah ne m'avait pas habituée à un propos si politique. Il faut dire que nous avons largement éludé le sujet. Je la serre fort contre ma poitrine.

— On fait comment pour éviter de reproduire l'ordre établi ?

— Je l'ignore.

— Nous allons devoir inventer alors ?

— Oui.

— Et qu'est-ce qui nous dit que nous serons meilleures que les autres ?

— Rien.

Un silence ponctue notre échange. Il est pesant. Aucune de nous deux ne cherche à le rompre.

Nous respirons en douceur, collée l'une à l'autre, avec la rumeur de la ville comme enveloppe protectrice. Il me semble que je n'ai pas peur. Il me semble à parts égales que je suis au bord de la panique. Je me retiens de crier au secours. Qui viendrait tôt me secourir à part l'amour ? L'amour ou Najat ? Je ne veux pas mourir ! Je m'accroche.

Nous nous collons un peu plus. Nous sommes agglutinées. Nos respirations se font écho. Notre sang flue au même rythme. Nous sommes une, siamoises indivisibles, ou presque car j'ignore à quoi pense à cet instant Célimène. La limite de la communion est atteinte. L'illusion demeure. Le thé est froid. La chair est molle. Le temps s'écoule.

Je fourre mon nez dans le cou de Blanche. Je la renifle. Elle s'évapore. Je déguste le moindre effluve. Bientôt, nous habiterons ensemble. C'est génial ! C'est abominable. Il va falloir déménager, faire des cartons, tout réinstaller. J'en suis fatiguée d'avance. Je suis bien chez moi. Je ne veux pas en partir. Je n'ai pas le choix. J'ai dit. Je dois aller de l'avant.

*

Je cherche mes pantoufles. J'en déniche une près de la table de chevet. Sous le lit, je trouve une culotte, sale, je pense. Je l'examine. Elle appartient à Sally. Je m'en vais la jeter dans la panière à linge. Je reviens dans la chambre. Il me manque toujours une pantoufle.

*

Notre repas est terminé. Nous avons mangé face à face, presque en silence. Sidonie propose d'aller louer un DVD. Je profite de son absence pour me brosser les dents ; je ne veux pas qu'elle voie mon appareil tremper dans le verre en plastique. Je m'active. La porte d'entrée s'ouvre. Je remets mon appareil. Claudie me rejoint.

— Tu es prête ?

— J'arrive.

Avant de ressortir, Théodine rebouche le tube de dentifrice que j'avais laissé ouvert. Je sais que cela l'agace. Je m'en excuse ; je n'y pense jamais. Je m'essuie la bouche et la rejoins dans le salon. Je m'installe dans le canapé. Roselyne m'entoure de ses bras.

— Tu sais si… si tu revenais sur ce que tu as dit avant-hier, je ne t'en voudrais pas.

— À propos ?

— De vivre ensemble.

— Ce qui est dit est dit.

— Tu as l'air de prendre cela comme un défi ?

— Ç'en est un, non ?

— En effet mais… Je ne voudrais pas que tu maintiennes cette position juste par orgueil.

— J'aime la force d'agir que procure l'orgueil.

— Il n'empêche. Tu en as vraiment envie ?

— Oui. Autant que j'en ai peur. Et toi ?

— Pareil.

— On devra trouver un appartement.

— J'en ai repéré un.

— Tu en as…

Je n'aime pas l'impression que j'ai d'être tombée dans un piège. Wilhelmine s'est tendue.

— C'est un hasard : une collègue qui vend.

— Qui vend ?

— Oui. C'est quand même mieux d'être propriétaire.

— Et les enfants, tu les as programmés pour quand ?

Ma voix s'est chargée en colère. Ernestine rentre la tête dans les épaules. À cet instant, l'amour n'est plus : il s'est dissout dans l'embourgeoisement annoncé. J'étais pourtant bien, là, à savourer notre bonheur, entre quotidien et sentiments profonds. Pourquoi a-t-il fallu que Cléomène vienne tout gâcher avec des histoires de vie commune et de propriété privée ?

J'attrape la télécommande. Je lance le film. La musique du générique comble le silence. Les images ne m'intéressent pas. Je me lève. Je suis définitivement en colère contre Indira. Maintenant qu'elle me propose de devenir propriétaire, comment pourra-t-elle encore arguer que l'on sera capable de rompre avec l'ordre établi ?

Je tais mon courroux. Je ne veux pas m'emporter. Je veux surtout comprendre en quoi la propriété privée serait antinomique de l'amour. J'ai besoin de quelque chose de fort. Je n'ai pas bu une goutte d'alcool depuis trois ans. Je renonce.

Je vais à la fenêtre avec l'espoir que mon voisin du dessous soit justement en train de griller une cigarette. Il n'y est pas. Je rage. Derrière moi, je sens Mazarine attendre la fin de la tourmente, prête à essuyer une avalanche de grêlons. Je ne bouge pas. Je n'ai pas envie de participer au rétablissement du dialogue.

Le film assure toujours l'ambiance. La BO regorge de violons sirupeux. Cela m'agace plus qu'autre chose. Mon voisin ne sort toujours pas fumer une cigarette. Je ferme la fenêtre.

Je jette un œil à la pendule du salon. Il est déjà tard. Ma colère ne désarme pas. Je quitte la scène et m'en vais me mettre au lit. Odile me suit de près. Elle apporte le restant de tisane. Je ne dis rien. Elle n'insiste pas. Je m'installe dans les oreillers. Phillis éteint la lumière.

— Tu pourrais me faire confiance aussi.

Je ne comprends pas. Je me tourne vers elle.

— De quoi parles-tu ?

— D'amour.

Le sujet m'intéresse. Bérengère se pose sur un coude.

— Si je te dis à deux jours d'intervalle que l'on peut éviter de se faire piéger par l'ordre établi et que l'on peut devenir propriétaire, c'est peut-être parce que je crois notre amour suffisamment fort pour se faire fi du matérialisme bourgeois.

Comment sait-elle que mon problème est justement là ? J'ai dû penser trop fort. Je m'assois dans le lit.

— On ne peut négliger le fait que l'amour soit contraint par les conditions matérielles dans lesquelles il se vit.

— Ah bon ?

— Si les conditions sont difficiles, par exemple, cela va renforcer le sentiment, lui donner une sorte de puissance, en faire ce qui sortira l'humain de la difficulté dans laquelle il se trouve. Si au contraire l'amour se vit dans la ouate, dans le confort, on s'attachera plus à des détails qui auraient été insignifiants dans un contexte plus difficile ; on se prendra le chou sur des broutilles alors que Tristan et Iseult, eux, ils n'avaient pas ce luxe-là.

— Tu sembles accorder plus de valeur à un amour qui se vit dans des conditions difficiles.

— Oui.

— Serais-tu en train de regretter de ne pas vivre dans un pays en guerre où règne la famine avec la femme de ta vie embastillée par l'oppresseur sans trop d'espoir de la revoir ?

— En effet.

Ma main a rejoint celle de Magdeleine. Les deux s'étreignent. Je pose la tête sur son épaule.

— Tu peux me dire pourquoi je pense que l'amour est moins beau quand il se vit sans souci ?

— Non.

J'ai envie de pleurer. Je me retiens.

— Il est comment, cet appartement ?

— C'est un trois pièces, dans un coin un peu pourri du 13ᵉ. Cela lui évite d'être trop cher.

— Combien ?

— 380.

— 380 quoi ?

— Mille euros.

Oups ! Ambroisine embrasse mes cheveux.

— Ne fais pas la conversion en francs ; ce n'est pas bon pour les affaires.

— Trop tard.

Je n'ai plus envie de pleurer.

— Je n'ai pas cet argent.

— On emprunte.

— Trente ans ?

— Quelque chose comme cela.

— Mais comment puis-je savoir si l'on s'aimera encore dans trente ans ?

— En essayant.

L'argument porte. Il ne me convainc pas complètement. J'ai l'impression que si je signe cet acte d'achat, j'en prends pour perpète, comme un condamné aux assises. Même le pire des criminels a droit que l'on plaide sa cause. Je me dois de plaider la mienne.

— Tu as étendu la lessive ?

— Quelle lessive ?

Je me lève d'un bond. Bahtisen rallume.

— Tu avais mis une lessive ?

— Oui.

— Elle peut attendre demain.

— Non.

Je sors de la chambre. Je respire un grand coup. J'ignore comment j'ai fait pour oublier cette lessive mais c'est une véritable bénédiction.

J'ouvre le tambour. Je déploie le tancarville. Je sors un à un mes sous-vêtements, déplie soigneusement chaque chaussette, secoue avec force les tee-shirts et étends le tout avec une application digne de la plus zélée des ménagères. La machine se vide. Je retarde le moment où j'aurai fini mon ouvrage. Voilà. Je laisse le tambour ouvert afin qu'il sèche lui aussi.

Je reviens enfin dans la chambre. Francine feuillette un magazine. C'est *Marie-Claire*, je crois. Quelle importance ? Le moindre détail a de l'importance quand il s'agit de tourner autour du pot. J'avais lu quelque part que *Pot* est un dérivé de *Postérieur*. Mon dictionnaire historique sert de pied à mon écran plat. Je ne vais pas pouvoir vérifier. Je pourrais demander son avis à Félicie. J'ai le pressentiment que ce serait malvenu.

Je réintègre le lit. Ma paume cherche la cuisse d'Audrey. Elle la trouve. Elle la flatte. Elle la remonte et s'amuse à épouser le pubis. Violaine minaude. Ma paume poursuit.

Suffit-il d'un peu de sexe pour faire oublier à sa dulcinée ses projets de mise en quarantaine ? Si Francesca entendait ma pensée, elle me collerait certainement une double peine.

Je vais finir par croire qu'elle a raison et que je ne fais confiance ni à elle, ni à l'amour. Serais-je infichue d'aimer ? Voilà une question qui pousse à l'insomnie en dépit d'un câlin qui fait du bien. La respiration de Fleur indique qu'elle s'est endormie. Je peux turbiner à loisir sans risquer qu'elle ne devine mes pensées.

Dans quelle galère me suis-je mise ? Ce qui peut me sauver c'est qu'avec mes revenus aléatoires, aucun banquier ne me prête le moindre sou. Marie-Agnès sait que j'ai quelques économies. Va-t-elle exiger que je les investisse ? Je ne peux pas le lui refuser. Je suis foutue. Je suis ruinée. Je serai Constance en son donjon et Aurélie sera mon geôlier. Ma paillasse est dure et humide. Le bruit des chaînes m'empêche de dormir. Un vent glacial passe à travers les meurtrières. Ma mince couverture ne m'en protège pas. Je grelotte. J'entends un rat qui trotte à proximité. Je me fige. Il s'approche. Il me manque un orteil. Je crie.

Coline se réveille en sursaut. Je suis trempée de sueur. Elle pense que je couve quelque chose. Comment lui dire que c'est l'amour qui me donne la fièvre ? L'amour ? Non, plutôt mon incapacité à le penser. Et à le vivre ? Ça suffit ! J'ai assez tourné en rond dans ma cellule pour aujourd'hui.

*

J'ai décidé de nettoyer le rideau de douche. Cela tombe mal. Kornelia réclame ma présence à l'autre bout de Paris. Elle a envie que nous marchions. Je crains que ce ne soit un prétexte pour que nous parlions ; c'est tellement plus facile de se dire des choses graves dans un lieu public, quand il convient de retenir les sentiments et les réactions pour cause de convenances et autres bonnes manières.

Ce n'est pas joli de faire à Amandine, la femme que j'aime et pour qui je vais renoncer à nettoyer le rideau de douche, un tel procès d'intention. C'est ainsi. Depuis quelques jours, je me sens aigrie autant que monte la hargne, comme si j'avais quelque chose à reprocher à Mia, quelque chose d'inavouable, de si terrible que juste le penser reviendrait à déclencher un cataclysme.

Est-ce la fin de l'amour ? Si je n'arrive pas à exprimer le différend, à lui donner corps, à porter sa voix, il y a de fortes chances que oui.

Au secours ! Existe-t-il une puissance que j'ignore capable de me redonner l'envie ? Je refuse que ce soit la fin. J'en suis pétrifiée. Je ne veux plus conjuguer le verbe finir ; cela fait trop mal ; cela laisse si seul. Je plonge.

L'amour ne peut pas finir, ne doit pas. C'est un non-sens. J'aime Solène. Je le veux. Je l'exige. Et pourtant, on m'a retiré le goût d'aimer. Qui ? Que l'on me désigne le coupable ! C'est à lui d'aller en prison. J'ai brisé mes chaînes. J'ai foi en l'amour, en celui qui nourrit, bonifie, comble le vide intérieur. J'ai foi. J'ai su m'extraire de la passion ; ce n'est pas pour aujourd'hui renoncer à aimer Marie-Rose parce que l'envie se serait égarée on ne sait où.

Je laisse le rideau de douche en plan. Je veux rejoindre Lin Yao au plus vite, dans son sourire recouvrer le cœur d'aimer. La chose, à l'instant, me paraît impossible. Je me sens vide, lasse, prête à exploser. Le vide peut-il exploser ? Je l'ignore ; j'ai toujours été nulle en physique. Je me dépêche. Je suis en retard. L'avenir est ma seule issue ; pourvu qu'il y ait une barre anti-panique.

Je la vois. Elle est là. Tristen fait les cent pas à l'endroit convenu. Elle était en avance. Je m'excuse de l'avoir fait attendre. Elle me demande de retirer mes excuses vu que je n'étais pas en retard. On arrête là sur ce point.

Je sors un cure-dents de ma poche. Je me pique le doigt au passage. Nous faisons halte à notre premier feu. Nous traversons puis prenons la petite rue à droite. Elle nous mène dans un square miniature qui abrite un parterre de fleurs en rosace entouré de quatre bancs. Aïda me tire vers l'un d'eux. Nous prenons place face à face, à califourchon sur le siège, un coude sur le dossier.

J'ai envie d'embrasser Hermine. Je ne m'en prive pas. Elle paraît en être ravie. Nos baisers redoublent. Ma colère se serait-elle envolée ? Que *nenni* !

J'ai juste besoin de l'évacuer d'une manière ou d'une autre. Les baisers font l'affaire. N'est-ce pas mentir sur mes intentions ? Les baisers n'ont pas besoin que l'on dévoile ce qui les motive ; l'amour en prendrait un coup ; c'est certain.

Imaginons le dialogue.

> « Dis, pourquoi tu m'embrasses ?
>
> « — Parce que je ne sais pas quoi te dire et que les baisers, c'est bien pratique pour faire diversion. »

Ah ! si l'on pouvait se dire ces choses-là. On y gagnerait quoi ? De la sincérité ? Il reste à démontrer que la réplique était sincère et surtout, qu'une réplique plus convenable — « Parce que je t'aime », par exemple — l'eût été moins. Je n'embrasse pas sur la bouche avec la langue les gens que je n'aime pas même si j'ai besoin de faire diversion.

L'argument porte. Esméralda lance un autre baiser. Je m'applique à en savourer la substance, ignorant au maximum les errances de ma pensée. C'est bon un baiser quand on a la tête vide : cela permet même de suggérer l'envie. J'en redemande. Kiersten ne se fait pas prier avant de suggérer que nous reprenions notre marche.

Nous repartons. Nous quittons le square et prenons la direction du sud autant que l'orientation des rues le permet. Marie-Paule attrape ma main. Nos bras se balancent. L'image me fait sourire ; elle me fait penser à deux petites filles qui courent à travers champs, heureuses comme les héroïnes de *La Petite Maison dans la prairie*.

Misère ! où me mène l'introspection ? Nous sommes loin des plaines du Minnesota. L'air pollué agresse mes voies respiratoires. Je tousse. Mon ventre me fait mal. Il doit avoir ses raisons auxquelles la pollution est étrangère. Je grimace. Aminata s'inquiète. Je la rassure : ce n'est pas grave ; c'est mon côlon qui boude.

Elle me propose que nous rentrions en métro. Je préfère marcher. Cela apaise la douleur.

Une heure plus tard, nous sommes chez moi. Perrine n'a pas abordé de sujets délicats. Est-ce parce qu'elle m'a sentie fragile ? Je n'en ai pas l'impression. Je prépare une bouillotte. Je m'installe dans le canapé. Je n'ai plus envie de bouger. Mon ventre réclame le silence. Abibatou s'assoit à côté de moi.

— Tu veux que j'appelle un médecin ?

— Cela ne servirait à rien. Il faut attendre que ça passe.

Elle a l'air de souffrir autant que moi.

— Raconte-moi une histoire ; je dois arrêter de penser à la douleur.

Je parle de mon ventre, bien sûr. Kyllie m'enlace.

— Tu veux quel genre d'histoire ?

— Une histoire d'amour qui finit bien.

— Si l'amour finit, comment peut-il le faire bien ?

— Disons que l'on ne connaît pas la fin mais qu'on la sait heureuse.

— La fin ou la suite ?

Je suis dubitative. La douleur a changé de camp ; elle s'acharne sur ma fesse, la gauche. J'y cale la bouillotte. Sacha me masse en douceur le ventre.

— On parle donc d'une histoire d'amour.

J'opine. Ingrid masse encore.

— Eh bien, si une histoire d'amour prend fin, c'est que l'amour prend fin…

— Ou que la vie rend la séparation obligatoire.

— Dans ce cas, c'est l'histoire qui prend fin et non l'amour. Et cela finit de toute façon mal puisque l'amour ne suffit pas à être heureux.

J'opine derechef. La main d'Anne ne bouge plus.

— Reprenons donc le premier postulat ; l'histoire se termine car l'on ne s'aime plus. Si l'on envisage la fin, on ne peut pas imaginer qu'elle soit heureuse, sauf à considérer que c'est heureux que l'on ne s'aime plus.

— Pourquoi pas ? On peut en avoir marre, trouver salvateur de ne plus aimer l'autre. Quelqu'un que tu aimes et qui te bat ; ce peut être heureux d'arriver à ne plus l'aimer.

— Je ne crois pas ; ne plus aimer est toujours une perte.

— Mais rien ne dit que la perte c'est toujours du mal, au sens de contraire de bien.

C'est au tour de Prune d'être dubitative. La bouillotte me soulage. Je me sens plus à même de réfléchir.

— Là où tu as raison c'est que dans la majeure partie des cas, si l'on ne s'aime plus, l'histoire finit mal.

La main de Marina se remet en mouvement.

— Ce que je cherchais surtout à démontrer, c'est que si l'on considère que l'histoire d'amour finit, c'est dans le fait même de finir que ça fait du mal et non dans les circonstances qui la font se finir.

Je me gratte la tête.

— Je vais y réfléchir.

Félicitas m'embrasse. Elle retire sa main et se lève.

— Tu veux boire quelque chose de chaud ?

— Avec plaisir.

Je replace la bouillotte sur mon ventre. Alberte vaque à la préparation d'une infusion. J'ai l'impression que ma colère s'est dissipée. Anne-Catherine pose un plateau sur la table basse. Elle se rassoit près de moi. Sa main vise ma fesse, la gauche. Je lui souris.

*

— Tu crois possible de comprendre l'amour ?
— Qui sait ?

*

Mon côlon réclame une nouvelle promenade, « Plutôt longue », précise-t-il. Mon côlon parle, en effet, comme mon cœur, mes pieds, mes narines, Caddie, la balance et même le paquet de nouilles quand il choit sur ma tête à l'instant où j'ouvre la porte du placard. Que dit-il ? C'est entre lui et moi, et le placard, bien sûr, qui ne manque jamais d'y mettre son grain de sel.

À cet aveu, d'aucuns penseraient que je suis folle ; et ils n'auraient pas forcément tort si la folie se résume à ce que l'on ignore. Chimène, elle, considère que c'est une manière de se mettre à l'écoute du corps et des choses que de les entendre parler. Elle me demande si mon côlon a choisi une destination. Je vérifie que j'ai des cure-dents dans ma poche.

— Il préfèrerait éviter les tartes au citron et autres gâteries qui l'irritent.
— Allons au parc de Sceaux ; nous n'y croiserons rien de tel.

Li Wei prépare un sac avec le nécessaire pour une longue promenade. Nous partons. Notre marche est silencieuse. Je me sens bien, simplement bien. Alors pourquoi faut-il moins de deux kilomètres pour que je revienne à notre discussion d'il y a deux jours en me demandant si Liane pense que les histoires d'amour ne peuvent que mal finir parce qu'elle a imaginé que la nôtre finirait ?

Mon ventre n'aime pas ce retour en arrière. Il m'intime l'ordre de partager mes interrogations. J'hésite. Je crains la réaction de Marie-France, que cela ne nous lance dans une discussion houleuse sur notre relation. Mon côlon insiste. Je cède. Cassandra ne se formalise pas de ma question. Elle me répond que oui, elle y a pensé, « surtout au début d'ailleurs ». Pourquoi plus au début ?

— Parce que je doutais de nos sentiments.
— Et aujourd'hui, tu ne doutes plus ?
— Non. Et je peux même te dire que de toutes les histoires que j'ai vécues, la nôtre est la première où je ne doute vraiment plus.

Je rougis. J'ai envie de dire la même chose.

— Moi aussi, je ne doute plus.

Pamela s'arrête. Elle m'étreint. J'ai l'impression qu'une larme coule le long de sa joue.

N'ai-je pas un peu menti en faisant écho à sa phrase ? Menti ? Il ne manquerait plus que cela ! Non, je suis heureuse. Notre amour n'a pas de fin. Je n'ai plus mal au ventre. Je n'ai plus peur. Je me concentre sur notre parcours. J'avance.

Nous croisons une femme sac au dos qui tire une carriole avec des pierres dedans. Un peu plus loin, un vélo me frôle. Je rouspète. Le cycliste me fait un bras d'honneur. Cosette pique un sprint. Elle manque de peu de le rattraper. Le bougre lui fait de nouveau un bras d'honneur. Elle lui envoie une bordée d'injures. Je la rejoins en petites foulées.

— Le con !

— Il ne faut pas dire *con* mais *couillon.*

— Pourquoi *couillon* ?

— Parce que notre sexe mérite mieux que ce malotru.

Où va se nicher le sexisme ordinaire ? Antiope a repris son souffle. Nous repartons. Nous avançons d'un bon pas, toujours en direction du parc. Farah me parle un long moment de son travail. Je l'écoute avec attention. Je donne mon avis. On partage. Je suis loin de mes introspections. Il me semble même avoir atteint une certaine maturité. C'est étrange comme sensation. Je savoure.

Au détour d'une allée, nous apercevons la masse des futaies du parc. Nous n'avons pas vu les kilomètres passer. Je me sens de mieux en mieux près de Megawati, surtout quand nous prenons le temps de savourer l'instant, sans chercher à nous occuper plus que cela, juste, reste là, sourire, marcher, être ensemble.

Mon ventre a réellement cessé de me faire souffrir. Nous faisons halte près du château. Charlène remplit notre bouteille à une fontaine d'eau potable. Nous reprenons le chemin de Paris. Des nuages voilent le soleil. L'air se refroidit.

La pluie nous surprend alors que nous cheminons entre deux barres d'immeubles. L'averse est sévère. Nous craignons qu'elle ne nous trempe. Nous nous réfugions sous un Abribus. Cela me rappelle quelque chose. Je n'en souris pas.

Ce temps-là est révolu. Je n'ai plus besoin de fuir : mon amour de Ginette autorise ma peine intérieure, celle dont j'ignore toujours la source mais que j'accepte comme part de moi. Nous n'en avons jamais reparlé, de cette histoire. C'est mieux ainsi. L'amour a aussi besoin de ses zones d'ombres.

Une dame et son chien nous rejoignent sous notre abri. Le chien se charge des présentations. À force de coups de langue et autres jappements, nous apprenons qu'elle s'appelle Elvire parce que sa maîtresse est une comédienne à la retraite qui a brillé dans le rôle à la Comédie française. Nous applaudissons. La dame fait une courbette. La chienne bondit telle une grande acrobate. L'averse cesse. Nous prenons congé et repartons.

Un nuage tente une nouvelle averse. Il est trop petit. Il ne produit que quelques gouttes. Le vent l'emporte au loin. Nous lui faisons un signe d'au revoir. Nous passons le périphérique. Nous arrivons chez moi. Nous mettons nos vêtements à sécher. Je prépare une boisson chaude. Nous la buvons assises sur le canapé.

Un clocher sonne 18 heures. Je n'avais jamais remarqué qu'il y avait un clocher dans le quartier. Le silence qui nous enveloppe serait-il si pesant ? Non. Je ne le ressens pas ainsi. Je me nourris d'une forme inconnue de bien-être, quelque chose qui a l'air d'un vide absolu qui frise la plénitude. N'est-ce pas étrange de dire qu'un vide remplit ? Décidément, le vide a d'étonnantes propriétés physiques.

Je suis là, à ne rien faire, à ne rien dire, à savourer. Savourer quoi, exactement ? La vie, quelque chose qui a à voir avec la respiration, le cœur qui bat, l'esprit qui chante. Est-ce cela, l'amour ? Je le crois. Enfin ! je l'éprouve sans besoin de preuve ; je m'en satisfais sans avoir renoncé à rien.

Je suis donc bien, là, à savourer ce que j'ai compris être l'amour assise dans ce canapé aux côtés de Psyché. C'est étrange : je ne m'ennuie pas. Pire ! aucune question ne vient. J'ai atteint la béatitude. Ou la plénitude. Je ne veux pas trancher. Je suis béate de plénitude, pleine de béatitude. Est-ce cela l'amour ? Oui, j'en suis certaine car j'ai beau fouiller : je n'ai pas peur.

*

Géraldine me pousse à l'intérieur de notre futur appartement. Je grogne. Il est joli pourtant. Et alors ?

*

Je tourne en rond. J'ai envie d'une cigarette. À la place je retire la croûte d'un bouton qui aurait bien aimé que je la laisse tranquille. C'est de sa faute, pas de la mienne ; elle m'a narguée, l'hypocrite. Je ne peux pas être responsable de tout, pas même de mes envies d'arracher cette maudite croûte et le reste. Quel reste ? Les oripeaux de l'amour. Jolie formule. Elle sied à mon dépit.

Incarnation est partie ce matin sans me dire « À ce soir ! » Je n'ai rien dit non plus. Je ne vois pas pourquoi ce serait toujours à moi de faire le premier pas pour nous rabibocher au premier désaccord venu. Quel est-il ? Je m'en moque. Seul le résultat compte : notre relation part à vau-l'eau.

Ces derniers temps, nous sommes de plus en plus sujettes aux disputes. Cela remonte à quand ? À… à cette foutue idée d'acheter un appartement. Marylise ne veut pas admettre que je suis pauvre. Elle préfère m'accuser de vouloir gâcher notre bonheur à trouver de faux prétextes et torpiller notre projet de vie commune.

Notre projet ou son projet ? Je n'ai pas posé les choses en ces termes ; je n'aurais fait que lui donner des arguments. Que répondre à quelqu'un qui vous présume de mauvaise foi alors que, c'est clair, seul le banquier est en cause ? N'est-ce d'ailleurs pas contraire à l'amour que d'accuser l'autre de faux-semblants ?

Je ne suis plus sûre de rien. L'enjeu assassine mes certitudes. N'tumb m'aime-t-elle vraiment si elle n'entend pas que cette idée de vie commune m'a prise au dépourvu, qu'il me faut du temps, qu'il m'est difficile d'accepter que l'amour puisse être une chose molle qui s'accorde du quotidien ? « *Une chose molle* ». Je délire.

Non. Je ne délire pas. Je suis même très lucide. Je prends ma vie en main. Je veux mener une existence tout en couleur, intense, forte, trépidante, avec un amour qui se remette chaque jour en cause, qui ne présume de rien, qui porte à l'excellence.

Et en quoi cela serait-il antinomique d'une certaine matérialité ?

Je suis revenue à mon point de départ. Toutes mes questions n'ont servi à rien. Ce que nous avons vécu avec Léontine l'a été en pure perte. Mon bonheur était fugace ; ma sérénité ne l'était pas moins. Cette journée est mal partie. Il est temps qu'elle s'achève. Il n'est que 11 h 51. J'ai de quoi voir venir.

Mon portable bipe. Mes larmes jaillissent. Des sanglots venus du fin fond de mon antre expulsent avec violence mes humeurs. Je peine à les calmer. Je me rue sur une boîte de mouchoirs en papier. Ne devrais-je pas utiliser des mouchoirs en tissu pour préserver la planète ? La question est hors de propos ; je n'ai pas l'énergie de calculer le bilan carbone des uns et des autres.

Je renonce. Je voudrais que tout revienne comme avant, avant cette histoire d'appartement, d'euros et de tour de Constance, qu'Élisabeth cesse de vouloir me trouver un prêt, qu'elle arrête de décider pour moi, de se poser en maîtresse de mon destin.

C'est nouveau ça : jamais je n'avais eu le sentiment que Rosette régentait ma vie. Alors, pourquoi maintenant ? Ce doit être une conséquence de cette plongée subite — subie ? — dans la propriété bourgeoise. Cela m'afflige. Je voudrais comprendre les mobiles profonds de mon refus de devenir copropriétaire alors que cela pourrait être très chevaleresque, comme démarche, en tout point conforme à ce livre de contes qui asphyxie ma vision de l'amour.

Notre palais est un trois pièces du 13e arrondissement avec colombage en béton peint et vue sur un square à l'herbe râpée où zonent de jeunes consommateurs de stupéfiants. Ils planent. Quelle chance ! Avec Esther, nous nous aimons d'amour fou, fou au point de partager ces 65 m^2 sans ascenseur au parquet vermoulu, souris dans les combles et cafards dans le vide-ordures. C'est connu : les palais manquent de confort et les amoureux du monde entier se moquent des courants d'air et des hivers glacés.

Attention ! l'ordre bourgeois nous menace. Nous allons résister en cultivant nos salades dans une jardinière alors que germent dans un bocal des pousses de lentille. Si nous atteignons l'autosuffisance alimentaire, cela ne sera-t-il pas la preuve que l'amour est le plus fort ?

Mes divagations me chagrinent. Elles plombent mon entendement. Je bois une gorgée d'eau. Je soupire. L'air qui s'échappe de mes poumons est chargé de souffrance. J'ai besoin d'un câlin. Je me rue sur mon portable. Je lis le texto de Guadalupe. Je manque de pleurer de nouveau : elle s'excuse pour ce matin, notre dispute inutile et me propose que nous déjeunions ensemble, si j'en ai le loisir.

Je lui réponds aussitôt. J'espère qu'il n'est pas trop tard. Je cours jusqu'au métro et du métro jusqu'à la brasserie où nous avons nos habitudes. Irène est là, les traits tirés, qui m'y attend. Son visage s'éclaire à ma vue. Notre baiser est rapide ; la tendresse qui y préside est incontournable.

Nous commandons le plat du jour. Césarine remarque que j'ai les yeux rouges. Je n'avais pas prévu de lui donner d'explication. Je ne peux y échapper. Je profite de l'arrivée de nos assiettes pour différer ma réponse. Ne serait-il pas urgent que je lui dise la vérité ? Si je dois perdre l'amour de Jocelyne, cela sera toujours mieux que ces non-dits qui nous pourrissent le bonheur.

Je coupe une pomme de terre en deux. Je porte un morceau à ma bouche. Je le laisse fondre. Qu'y a-t-il de meilleur qu'une simple patate à l'eau avec une pointe de persil et une autre de beurre ? J'ai l'impression qu'elle m'indique le chemin : laisser fondre et considérer la plus ordinaire des saveurs comme inégalable.

J'y songe. Daisy me regarde manger. Elle n'a pas l'air pressée de commencer son plat. Elle nous sert un verre d'eau. Je ne bois pas. Ma fourchette s'attaque au filet de poisson. Il va falloir que je dise quelque chose. Sinon, Alizée va manger froid et ce sera de ma faute.

— Je... Je n'arrive pas à définir l'amour et j'ai l'impression que vivre ensemble y serait contraire.

Marie-Éléonore écarquille les yeux.

— Vivre ensemble contraire à l'amour !?

— Disons que...

— Que quoi ? Contraire à ton envie, je ne dis pas ; mais à l'amour !

J'ai l'impression d'avoir dit une grosse bêtise. La colère d'Éloïse me le confirme. Je me voûte. Elle attrape ses couverts. Je pose les miens.

— Écoute Laurette, je suis désolée. Je ne sais pas ce que je veux. Je sens bien que je te fais souffrir avec mes atermoiements. Autant que l'on en reste là.

Et je me lève.

Je prends ma veste. Je pars. Je ne vais pas loin. Mathurine m'attrape avec force par le bras.

— Tu ne vas pas t'en tirer comme ça !

*

Le ciel est bas. Il donne l'impression de raser les immeubles. On pourrait imaginer qu'il est une chape de plomb. Il ressemble plus à un cocon, comme s'il s'était rapproché de la terre pour que je n'aie pas peur. Je n'ai pas peur. Claude est à côté de moi. Nous marchons.

*

Gertrude est au cinéma. Je n'ai pas eu envie de l'accompagner. Je ne suis pas fan de cinéma. Je regarde l'heure. Je m'habille. Je vais la rejoindre à la sortie de sa séance. Puis nous irons nous promener ; et aussi boire un café, avec de la crème fouettée sur le dessus et de la poudre de cannelle. Est-ce que je mangerai un muffin ? Je dois y réfléchir. Ce n'est pas bon pour ma ligne. Qu'importe ! Sidney adore mon petit bidon.

*

Je dépose la lourde cocotte noire en fonte sur le dessous-de-plat. Je retire le couvercle en prenant soin que la condensation n'inonde pas la table. Un nuage de vapeur accompagne mon geste. Agathe se soulève de sa chaise. Elle met le nez au-dessus de la cocotte.

— Miam !

Je pose le couvercle sur la gazinière. Je propose à Emma de nous servir.

— Non, toi. J'aime quand tu me nourris.

Comment résister à une telle déclaration ? Je rougis, en priant que ma potée soit à la hauteur. Je plante la fourchette de service dans la saucisse de Morteau.

— Tu la découpes en tranches ?

Anna acquiesce. Le lard vient ensuite. Qiao dresse une tranche dans mon assiette avec un morceau de morteau. Je sers le chou, une pomme de terre chacune, une carotte, un blanc de poireau, un navet. Que manque-t-il ? Un petit bout de céleri branche. Romi n'en veut pas. Elle n'en est pas friande. Veut-elle un peu de bouillon ?

— Une ou deux cuillers, s'il te plaît.

J'arrose. Je pose les couverts. Je récupère le couvercle de fonte et le remets en place. Je m'assois. Sandrine me propose de la moutarde. Je lui tends mon assiette. Elle me sert de la pointe de son couteau.

— Il va nous falloir une sacrée promenade pour digérer tout ça !

— Ce n'est pas si lourd ; ce ne sont que de bons produits et des légumes.

Pina goûte la morteau.

— Tu as raison : c'est délicieux !

Nos assiettes se vident. Marie-Dominique en veut-elle une deuxième ration ?

— Je suis déjà pleine.

— Même pas un peu de légumes ?

— Avec une bonne dose de bouillon alors.

Nous renonçons à manger un dessert. Je débarrasse la table pendant qu'Aïcha fait la vaisselle. Je mets au frais le restant de potée. La cuisine est rangée. Par où allons-nous démarrer notre promenade ? « Par là » indique Gervaise en pointant son doigt en direction de la tour Eiffel.

Nous longeons les larges avenues du 7e arrondissement, laissant les Invalides sur notre droite. Le Champ-de-Mars est déjà en vue. Il y a du monde, comme toujours. Nous restons sur le jardin latéral. Nous traversons le fleuve et nous installons à la terrasse d'un café du Trocadéro. Tant pis pour le prix ; c'est fête. Tracy a trente-sept ans, deux mois, une semaine et cinq jours aujourd'hui.

Voilà une blague qui nous fait rire. Le café est bon. Annette paie nos boissons. Je la gronde. Elle me tire la langue. Nous rions encore. Nous repartons. Notre prochaine halte se situe au parc Monceau. Nous ne le savons pas encore. Ce n'est pas si important de le savoir. Je savoure le défilement du bitume et Tori, là, près de moi. Je souris. Je suis heureuse.

*

Sybil est en retard. Je n'aime pas quand elle est en retard : j'ai peur qu'elle ne vienne pas, qu'il lui soit arrivé quelque chose, que… Non, je n'ai pas peur que Sylvette ne m'aime plus. C'est déjà ça.

*

Les quais sont bondés, que ce soit sur les trottoirs ou sur la chaussée. L'air est vicié par les échappements des véhicules à moteur. On respire mal. Ma gorge me pique. Je tousse. Je peste contre ces automobilistes inconscients qui nous polluent et klaxonnent à tout va comme si le bruit de leur moteur n'était pas suffisamment assourdissant.

Les badauds ne font pas mieux. Ils avancent sans se préoccuper les uns des autres, nous bousculent et ne s'excusent pas.

Ismène me tire par la manche et m'embarque dans une voie perpendiculaire où l'affluence est moindre. Nous dissertons sur le projet de plan de déplacement urbain, convaincues qu'il est urgent de réguler cet excès de circulation et d'élargir les trottoirs faute de quoi nous crèverons à force de dioxyde d'azote, de poussières, d'ozone et de promiscuité.

Les ruelles de Saint-Germain sont étrangement vides. Nous en profitons, regardant au passage les vitrines des galeristes.

À l'Odéon, les choses se gâtent. Nous fuyons et rejoignons le Luxembourg. Nous trouvons rapidement deux chaises en métal. Nous les disposons côte à côte. Fatoumata en récupère une troisième afin que nous y posions nos pieds. Nous restons là un long moment. Des joggers plus ou moins vaillants passent devant nous. Il ne faudrait pas qu'ils entendent nos commentaires ; nous ne sommes pas tendres avec ceux que nous identifions comme des sportifs du dimanche.

Valons-nous mieux ? Nous ignorons la question tant la réponse ne nous épargnerait pas. Nous changeons d'objet d'observation. Un couple de moineaux fait sa toilette dans une flaque. Leur manège a quelque chose de fascinant ; il dure. Nous restons silencieuses. Ils s'en vont. Un jogger passe. Anne-Claire éternue.

— À tes souhaits !

Claudine éternue derechef. Je lui tends un mouchoir en papier.

— À tes amours !

— Que les tiennent durent toujours.

Kimberley se mouche alors qu'une armada de poussettes emprunte notre allée. C'est à croire qu'elles se sont donné le mot pour nous envahir ainsi, toutes en même temps. La vague disparaît. Un nuage cache un instant le soleil. Il part vite. Il a dû craindre mon courroux. Victoire éternue encore. Je ressors le paquet de mouchoirs.

— Tu as pris froid ?

— Ce doit être le pollen.

— Veux-tu que nous bougions ?

— Non, on est bien, là.

Je suis d'accord. Peut-être nous manque-t-il juste quelque chose à boire ? Vivette sourit. Elle sort de son sac une bouteille d'eau pétillante. Quel talent ! J'applaudis. Frédérique ouvre la bouteille. Le gaz emporte avec lui un bon demi-verre d'eau. Alix est trempée. J'éclate de rire. Elle rit avec moi. Nous buvons puis reprenons notre œuvre contemplative.

Je remarque une femme qui passe devant nous. Je la trouve belle. Je lui souris. Elle ne me répond pas. Elle disparaît du champ.

Jackie a remarqué mon sourire. Elle pose sa main sur ma cuisse comme pour me signifier que c'est elle qui compte. C'est le cas. Je l'aime. Et mieux encore : je n'ai pas envie d'en aimer une autre. Je pourrais le lui dire. Je m'abstiens. Je crains que cela ne donne de l'importance à un sourire qui n'en avait guère. Il en avait quand même, non ? Je lui dénie d'en avoir. Mon désir se résume à Zoé. C'est ainsi et je ne souhaite pas que cela change.

Mon désir ou mon amour ? Les deux. Je veux que les deux aillent de pair. Ce n'est pas si facile. Je caresse du bout des doigts le dessus de la main de Nacera toujours sur ma cuisse. Je ressens comme un frisson. C'est bon signe ; c'est celui que je la désire encore.

J'en suis ravie car il me semble que mes sentiments ont atteint une sorte de perfection. L'idée est un peu étrange. Elle me convient. Je ne la discute pas. Je continue à scruter les femmes qui passent. Aucune ne me plaît. Je repense à celle de tout à l'heure. Un frisson tente de me parcourir. Je le refoule. Je refuse de mettre mon amour en danger.

Quelle drôle d'idée ? En quoi le désir d'une autre le mettrait-il en danger ?

Sur le papier, en rien. Dans les faits, on sait bien que le jour où amour et désir se dissocient, ce n'est pas bon pour l'amour. « On sait bien. » J'ai dû lire ça dans un magazine féminin ou pire ! sur un forum Internet. C'est fou ce que les uns et les autres comportent de lieux communs et autres niaiseries !

Je me promets de ne plus jamais en lire. Je ne tiendrai pas ma promesse, au moins pour les magazines. C'est si tentant de consulter un article qui donne la solution : *Regarder n'est pas tromper*. Ouf ! J'ai échappé au pire.

Les doigts de Ninon se crispent sur ma cuisse. Je crains qu'elle n'ait deviné la teneur de mes pensées. Je me penche et l'embrasse dans le cou.

— On bouge ?

Sheila opine. Nous nous levons et profitons de la station debout pour échanger un long baiser. Il me remet dans le giron. J'entraîne Edomonise d'un bon pas vers chez moi. Le canapé nous y attend. Il accueille mon désir coupable avec tout le confort qu'il se doit. J'oublie de l'en remercier. Il s'en moque.

De son côté, Aïssatou semble surprise de ce regain d'affection. Je la couvre de caresses, de baisers et de « Je t'aime », le tout sans ordre précis. La frénésie la gagne. La soupe à suivre est méritée. Nous la savourons à demi nues dans la cuisine. Nos fesses font office de dessert.

Quelle journée ! Dois-je en tirer la conclusion que je devrais plus souvent regarder les femmes dans les jardins publics ? C'est tentant ; songer que mon désir se fonde sur la culpabilité l'est nettement moins. S'agissait-il vraiment de cela ? Je n'ai pas eu envie de faire l'amour avec cette femme. Elle m'a juste inspirée. Ce n'est pas très avouable. À qui devrais-je l'avouer ?

J'aime Marinette. J'en ai l'intime conviction. Quel sens cela aurait-il que je lui précise que j'ai eu un instant envie d'une autre et que c'est elle qui en a profité ? Je la blesserais pour rien. Pire ! elle pourrait croire que notre amour est fini alors que c'est la conclusion inverse qui s'impose : j'aime Sylvestine au point de renoncer à une autre.

Mes faux-fuyants m'effraient. Pourquoi ne pas accepter d'avoir désiré cette femme et fait l'amour avec Dolorès par ricochet ? Parce que rien ne doit ternir la pureté de mon amour. Voilà. *La pureté de mon amour*... Si je ne craignais pas de réveiller Lolita, j'éclaterais de rire. Mon amour n'a rien de pur, je le sais. Ce que j'ignore toujours, c'est ce qu'il est. Je désespère de le savoir.

Je ferais mieux de m'endormir rapidement avant que mes pensées ne dégénèrent. C'est trop tard. J'en suis à m'interroger sur la sincérité de mes sentiments.

Est-ce que j'aime Beverley ou est-ce que je comble un vide en cultivant sa tendre présence ? Les deux ne reviennent-ils pas au même ? Cela voudrait dire que l'amour n'a rien de cet absolu désintéressé dont on nous rebat les oreilles. Qui « on » ? L'ordre bourgeois judéo-chrétien. C'est à croire que je suis infichue d'en sortir tant la culture ambiante plombe ma vision de l'amour.

Et si j'acceptais enfin qu'il soit oisiveté, sentiment de bien-être pur qui ne trouve son sens que dans le plaisir, plaisir de l'autre qui fait du bien. Le bien serait dans le bien et réciproquement. Il n'y aurait pas à chercher ailleurs ; il faudrait juste être capable de s'en satisfaire.

Il est 4 heures du matin et je suis dubitative. Je me lève grignoter un cure-dents en regardant par la fenêtre. Lydie ne m'a pas entendue. C'est heureux : je veux poursuivre cette conversation seule ; je sens que je suis sur le point de comprendre.

Je n'ai pas à porter de jugements de valeur ou de jugements moraux sur le bien que Tess me fait. Je dois savourer, prendre, sourire à la vie sans chercher à lui donner un sens. Le sens est intrinsèque au bonheur et le bonheur intrinsèque à l'amour. C'est difficile à admettre.

Mon cure-dents plie sous la charge. J'en attrape un autre. La rue est vide. Je le regrette. J'aurais volontiers compté les voitures, ou les piétons, ou les vélos, ou les camions. J'aime compter. Cela me berce. Je ferais bien d'aller compter les moutons. Je n'en ai pas envie. Je ne veux pas abandonner ma réflexion en si bon chemin. J'en étais où ?

Ah ! oui : à l'idée que ce qui donne du sens à l'amour, c'est de le vivre, de le soigner, de le cultiver. En étais-je vraiment là ? Je ne crois pas mais l'idée me plaît.

J'entends Léa qui se lève. J'ai moins de dix secondes pour trouver une bonne excuse à ma présence devant cette fenêtre à une heure où les braves gens dorment. Et pourquoi devrais-je lui fournir une excuse, ou une explication, ce qui revient au même ? Parce que Marie-Odile va s'inquiéter, comme je m'inquièterais dans la position inverse.

Alison m'a rejointe. Elle s'est calée dans mon dos, ses mains sur mon ventre, sa joue entre mes omoplates. Elle ne dit rien. Elle ne me demande rien. Elle m'entoure.

Je pose mes mains sur les siennes. Marie-Josée se met à chantonner, imprimant à son corps un mouvement de roulis à effet apaisant. Elle est folle, c'est certain. Quelqu'un de normalement constitué m'aurait demandé de me justifier, m'aurait ramenée au lit en m'enjoignant de dormir et Viviane, elle, s'installe contre moi et chantonne.

Une drôle d'émotion me gagne. C'est une sorte de chaleur, comme une bouffée en tous points identique à l'idée que je me fais de la ménopause. Une suée me chauffe la nuque puis me glace les reins. Je frissonne.

Norma me serre un peu plus dans ses bras. Son refrain se ralentit ; son roulis se charge en sensualité. J'ouvre ses mains sur mon ventre. Je l'entraîne dans la chambre. Nous nous mettons au lit. Petra se love contre moi. Je l'embrasse avec tendresse sur le front.

— Merci.

Elle ne relève pas. Sa tête se cale dans mon cou. Je suis bien. Nous nous endormons. Le réveil m'agresse. Des palpitations lui font écho. Hildegarde se pose sur un coude et me regarde. De la pulpe du majeur, elle écarte une mèche de cheveux qui voilait mon œil. Je lui souris. Georgette caresse ma joue.

— Bonjour.

— Bonjour…

Inge me sourit encore. Elle approche ses lèvres des miennes. Le baiser est si tendre qu'il me tire une larme. Gaëlle la gobe. Ses baisers redoublent. Je me défends en visant son ventre. Une bataille d'amour s'engage : baisers et caresses d'un côté ; caresses et baisers de l'autre. Nos forces sont égales. Le combat s'enlise.

Le réveil nous rappelle à la raison avec sa fonction *Repeat*. Il se prend une claque. Nous sommes essoufflées. Nous sommes heureuses. Nous rions. Nous embrassons. Nous caressons. Nous mordons.

Nous mordons ? Oui, nous mordons. Surtout moi. J'adore mordre les fesses de Clémence. Je ne souhaite pas lui faire mal ; je veux juste les manger, savourer celle que j'aime par le truchement de son postérieur. Elle a bon goût, même crue. Il faudra que je songe à la faire cuire. Fumiko ne va pas rentrer dans la cocotte. Je devrai donc la découper avant et, quand je l'aurai mangée, je la recoudrai afin de pouvoir la manger de nouveau.

Je lui mords le ventre, cette fois, puis le dos jusqu'aux omoplates. Capucine ne tient plus. Elle crie grâce et se lève d'un bond. Je la poursuis jusque dans le couloir. Là, elle tourne à droite côté toilettes ; je prends à gauche côté cuisine. Je lance le café.

L'horloge murale indique que nous avons près d'une heure de retard. Nous buvons notre café en vitesse. Denise file à son travail. Je traîne encore un peu. J'aère le lit. Je fais la vaisselle. Je préviens mon bureau. Je me douche. Je m'habille. Je croise un tee-shirt de Ginger. Je le porte à mon nez.

Je m'assois sur le lit tant l'émotion est forte.

Un long moment passe. Je me lève enfin, laissant à regret le tee-shirt sur le lit. Je pars.

Je renonce au métro et décide d'y aller à pied. Tant pis pour mon retard : j'ai besoin de laisser se consumer l'amour accumulé. Il faut que j'en brûle l'énergie ; sinon, je vais imploser. Je traverse sans regarder. Un coup de Klaxon me ramène dans la réalité. Mais j'y étais, dans la réalité, à savourer l'amour d'Apolline !

J'y étais. Je sais désormais que nous allons vieillir ensemble, ou tout du moins, que nous allons le tenter. J'en ai envie. Je veux vivre parce que vivre, c'est aimer.

Un méchant lutin me fait remarquer que le malheur est toujours au coin du chemin. Et alors, bougre de mauvaise langue ? Qu'est-ce que tu crois ? Güzel et moi saurons éviter les ornières et si jamais l'on devait s'y fouler la cheville, nous saurons fabriquer la béquille qui nous fera marcher encore un peu, autant qu'il y aura de souffle d'aimer. Je ne dois pas cesser d'avancer. Je dois relever la tête, ouvrir mes épaules et emplir mes poumons de cet air qui m'alimente en oxygène autant que Marthe me nourrit de son affection.

Je ne saurais plus vivre sans aimer car aimer est devenu le sens de ma vie. Ouisa a-t-elle de la chance que cela soit tombé sur elle ? C'est un peu prétentieux comme question. Et de toute façon, c'est à elle de le dire. Je sais par contre que si elle n'était plus là, je l'aimerais encore. Je l'aimerais ou j'aimerais. Je suis au moins sûre de la deuxième proposition.

Je t'aime, Anne-Laure. Je vis désormais près de toi, avec toi, avec nous. Je t'aime et ce n'est pas le travail que j'ai en retard qui me gâchera ce plaisir-là car plus rien ne doit venir gâcher mon plaisir d'aimer.

J'allume mon ordinateur. Je bois un café. J'envoie un texto à Médée pour lui dire que je l'aime. Je relève mes mails. Jodie me répond dans la minute qu'elle en a autant pour moi. J'ai de la chance, je le sens ; c'est plus facile d'aimer quand on est deux, au moins pour commencer. J'envoie un nouveau texto à Isabelle et lui propose que l'on se retrouve ce soir pour une longue traversée de Paris.

Nous nous rejoignons près de son travail. Poeti est aussi joyeuse que ce matin. Elle me raconte que son patron a tenté de la mettre en difficulté en lui réclamant un dossier dont elle ne devait rendre le compte rendu que la semaine prochaine. Elle a eu la présence d'esprit de le lui faire remarquer tout en lui donnant ce qu'il voulait.

Je la félicite. La Seine n'est pas très loin. Nous passons sur la rive gauche. Nous décidons de longer les quais jusqu'à la nouvelle passerelle Simone de

Beauvoir quitte à rentrer en métro s'il est tard. La température est idéale. Les bateaux-mouches ne sont pas trop nombreux.

Nous marchons le plus près possible de l'eau. J'ai un peu peur. Serais-je gagnée par le vertige ? Je m'accroche au bras de Mélanie. J'ai confiance. Je sais nager. Pourquoi avoir peur d'y tomber ? Tomber ou sauter ? C'est comme quand je suis à l'arrière d'une moto : j'ai l'impression que je pourrais sauter. Je ne veux pourtant pas mourir, surtout pas. Il est si plaisant de tenter l'amour, pas la passion, ni l'attachement, l'amour comme sentiment de pur bonheur.

La pulpe de mon pouce m'indique que l'ongle de mon index est écorché. Je le porte à ma bouche. Je le lime du bord de mes incisives. Un filament est plus long que les autres. Je retarde au maximum le moment de rogner. Je rogne.

Renée me désigne la ligne de la passerelle Simone de Beauvoir. C'est magnifique. J'en oublie mon ongle écorché. Nous faisons une pause sur un muret afin d'admirer ce monument d'architecture. J'ai envie de chanter, qu'une douce musique nous berce. J'ai envie de ne plus faire qu'un corps avec Pénélope.

Nous reprenons notre marche. Nous butons sur quelques tentes occupées par des SDF. Nous nous taisons le temps de les passer.

C'est Monique qui me fait remarquer ce silence subit, à coup sûr marque de notre gêne face à la misère. Nous évoquons notre impuissance sauf, peut-être, à contester l'ordre économique et social. Nous remettons le projet à plus tard même s'il va de pair avec cet ordre bourgeois qui fait tant de mal à l'amour.

Nous sommes sur la passerelle. Nous nous accoudons au parapet et regardons filer l'eau. Je tire un bonbon de ma poche. Je stocke le papier en attendant de croiser une poubelle. Le vent se lève. Les cheveux d'Hortense s'envolent. Elle tire un chouchou de sa poche. Elle fait une queue-de-cheval. Je passe ma main autour de sa taille.

Il est tard. Nous sommes condamnées au métro, ligne 14. Je m'amuse à jouer au machiniste au grand dam de touristes italiens qui auraient volontiers pris ma place en tête de rame. Je la leur cède à Châtelet. Je n'ai aucun mérite, c'est notre station de correspondance.

Nous sautons sur le quai. Nous arpentons les couloirs. Je sens la fatigue monter. Nous arrivons enfin chez Gaëtane. Je vais me laver les dents. Candice me suit dans la salle de bains. Demain, c'est samedi. Quels sont mes projets de week-end ?

Je n'en ai pas d'autres que de me repaître de sa présence. Elle me rappelle qu'elle passe son dimanche en famille. Je hais sa famille. Je me mets au lit. Je cherche à quoi je pourrais occuper cette journée. Je ne veux pas qu'Églantine me manque. Je décide que je ferai la grasse matinée et qu'ensuite j'irai à pied jusqu'au musée Rodin.

Louisette me rejoint dans le lit. Je lui fais part de mes projets. Elle n'a pas l'air contrariée que je sois capable d'être heureuse sans elle. C'est un comble, non ? Elle pourrait se sentir coupable de m'abandonner, être jalouse de ce dimanche que je me prépare, me faire des reproches sur ma manière de pallier le manque et au final annuler son déjeuner familial pour rester près de moi.

Non. Julienne me dit être ravie que je passe une bonne journée, arguant que l'on ne peut tout faire ensemble. Elle s'endort. J'écoute son souffle. Il est léger. En dépit de mes efforts, je n'arrive pas à me persuader que la désinvolture de Geneviève puisse être une marque de non-amour. Au contraire. Il semble qu'elle ait moins peur que moi.

Serait-elle une femme suffisante ? Il ne faut pas que je rie ; je pourrais réveiller Asma'. Il est 5 h 14. Je ne me suis pas rendu compte que je m'étais endormie entre deux interrogations existentielles. C'est bon signe. Je ferme les yeux. Je pose ma main sur les fesses de Germaine. Elle grogne dans son sommeil.

Je pense toujours à mon dimanche. Je suis en passe de trouver l'équilibre. Quand il sera établi, ne risqué-je pas de m'ennuyer ? Le bien-être n'est pas ennuyeux. Je dois en convenir.

La sonnerie du réveil me tire d'un joli rêve. Je saute hors du lit. Je prépare du café et l'apporte dans la chambre. Astrid n'a pas bougé. Je la berce de câlins et de baisers. Elle amorce une ouverture de paupières.

— Bonjour !

Je l'embrasse encore. Océane se love contre moi. Nous ne bougeons pas. Le café refroidit. Nous le buvons juste avant qu'il ne soit tiède. Nous reprenons notre position allongée. Le câlin en profite. Le soleil perce les nuages. Nous nous en moquons.

*

Dorothée est partie. Longtemps ? Je ne sais pas. Elle a dit qu'elle allait chercher des cigarettes. Ce qui est étrange, c'est que Léonie ne fume pas. L'histoire serait finie alors ? Je me souviens de cette conversation où Conception me disait qu'une histoire d'amour ne peut pas finir bien. Je crois qu'elle avait raison. La solution serait peut-être que l'histoire ne finisse pas.

*

Je m'assois sur la marche qui me sert de banc. Je glisse mes semelles à l'intérieur de mes chaussures de course. Je me chausse. J'attache mes lacets avec application. Je fais attention à mon pied droit ; j'ai une douleur étrange qui apparaît au bout de vingt, vingt-cinq minutes, surtout quand les lacets sont trop serrés.

Je me remets debout. Je récupère la montre-chronomètre posée sur l'étagère. Je vérifie que le petit papier comportant mon nom, mon numéro de sécurité sociale et la personne à prévenir en cas de besoin est dans la minipoche de mon short. Elle y est.

Je mets mon appareil dans un verre d'eau. Je me coiffe de mon bandeau absorbeur de transpiration. Je bois une demi-tasse de tisane *Bonne nuit*. Je coupe la radio. Je suis prête. J'attrape mon trousseau de clés. Je ferme la porte derrière moi. Je range mes clés dans la minipoche. En attendant l'ascenseur, je fais quelques étirements.

Je suis en bas. Je croise un voisin. On se dit bonjour. Il fait frisquet. Je sautille jusqu'à mon point de départ. Je mets le chronomètre à zéro. Le feu piétons est au vert. J'allonge le pas. Je traverse puis m'engage sur la piste cyclable qui me sert de parcours. J'appuie sur le bouton de mon chronomètre. J'inspire en deux temps par le nez. J'expire.

Je tâche de ne pas partir trop vite. J'ai quatre kilomètres à faire, de préférence en moins de trente-trois minutes. Ce n'est pas gagné. Je pense à Mathilde restée au lit. Elle n'a jamais voulu venir courir avec moi. Mathilde. C'est comme ça.

Je tourne à gauche et quitte la piste cyclable. J'évite les bulles de bitume qui déforment le trottoir. La rue grimpe légèrement. Je respire déjà par la bouche. Je râle. Je m'accroche. Je zigzague entre les piétons avant de retrouver une rue plus calme. Elle est en descente. Je n'accélère pas. Dans trois cents mètres, je vais devoir affronter la première passerelle. Elle va me casser les pattes.

Je l'atteins en moins de douze minutes ; j'ai une chance de tenir mon objectif du jour. Si je tiens la distance, Mathilde sera fière de moi. Je bave. Je crache dans le foulard que j'emporte pour cela. C'est dégoûtant. Je souris. Deuxième passerelle. J'entame la longue ligne droite qui me mène au périphérique. Je soupire. Je jure. J'ai envie de m'arrêter. Je résiste. J'irai au bout. Courir me fait du bien.